トルストイ ショートセレクション

三びきのクマ

小宮山俊平 訳　ヨシタケシンスケ 絵

理論社

人ひとりにどれほどの土地が必要か

Много ли человеку земли нужно

I

都会へ嫁《とつ》いだ姉が村に里帰り。妹夫婦《いもうとふうふ》を訪《たず》ねた。姉の旦那《だんな》は都会の商人、妹の旦那は村の農夫。姉妹は夕食後、お茶を飲みながら、おしゃべりをする。姉は自慢《じまん》げに都会生活の優《すぐ》れた点を数え上げる。住まいが広くて清潔《せいけつ》、こども服《ふく》がおしゃれ、食事がおいしい、劇場《げきじょう》や遊園地など娯楽《ごらく》がいっぱい、と。

勝気の妹はいい返す。商人の生活をけなし、農夫の生活を称《たた》える。

「うらやましくないわ。村の暮《く》らしは地味だけど、不安がないのがよいところよ。商人は贅沢《ぜいたく》できても、生活は不安定でしょう。儲《もう》かることもあれば、損《そん》することもある。『禍福《かふく》は糾《あざな》える縄《なわ》のごとし』ってね。今日大金持ちでも、明日は家屋敷《いえやしき》すべて失って、他人の家の軒下《のきした》で雨宿りかも。それに比《くら》べたら、農業ははるかに堅実《けんじつ》。太くて短いよりも、細くて長い方がよいのよ。お金持ちにはなれないけれど、おなかをすかせて泣くことはないわ」

姉もいい返す。

「食べるだけなら、豚《ぶた》や牛と同じよ！　美しい食器と盛《も》り付け、上品な会話があって、はじめて人間の食事よ。あなたの旦那がどんなに働き者でも、死ぬまで馬糞《ばふん》や牛糞《ぎゅうふん》のなか。こどもたちにも同じ暮らしが待っているわ」

妹は負けない。

「たしかにそうかもしれない。でも私《わたし》たちの暮らしは地に足が着いているのよ。誰《だれ》かに頭を下げるわけでもない。誰かを恐《おそ》れるわけでもない。それに都会の暮らしは悪魔《あくま》の誘惑《ゆうわく》だらけじゃない。今日がよくても、明日は魔《ま》の手が忍《しの》び寄《よ》る。いまにあなたの旦那も誘惑に負けるのよ。賭《か》け事にはまるか、酒におぼれるか、美女にたぶらかされるか。そして身を滅《ほろ》ぼすの。いまにみてなさい」

この家の主、妹の旦那《だんな》のパホームが、ペチカという大きな暖炉《だんろ》の上に設《しつら》えた寝床《ねどこ》の中で女たちのおしゃべりを聞いていた。

「いやまったく、うちの嫁《よめ》のいうとおりだ」と、パホームは独《ひと》り言を声に出した。「村の男は、村に生まれたその日から母なる大地を耕《たがや》すばかり。悪魔《あくま》の誘惑《ゆうわく》なんて、村のどこを探《さが》したって、みつからない。ただ悲しいことに、この村はあまりに狭《せま》い。土地さえあれば、たとえ悪魔が目の前に現《あらわ》れたって、少しも怖《こわ》くないぞ」

お茶を飲み終えた女たちは、まだしばらく流行の服装《ふくそう》の話などしてから、食器を洗《あら》い、床《とこ》に就《つ》いた。

この一部始終をペチカの陰《かげ》で悪魔が聞いていた。嫁に褒《ほ》められ、旦那はのぼせあがり、土地さえあれば悪魔に惑《まど》わされない、と高言した。悪魔は闘志《とうし》を燃《も》やした。

(面白い。パホームさん、勝負しよう。おまえに好きなだけ土地をあげよう。どうなるかな？　その土地で身を滅《ほろ》ぼさなければよいけれどね)

Ⅱ

パホームの村では集落に隣接《りんせつ》して、地主貴族《きぞく》の屋敷《やしき》がある。大地主ではないが、およそ百二十ヘクタールの土地を所有している。屋敷の主は村人に愛される奥様《おくさま》。土地の境界《きょうかい》をめぐるもめごとはなかった。ところが、突然《とつぜん》、兵役を終えたばかりの勇ましい男が領地《りょうち》管理人として奥様に雇《やと》われたから、大変。村人たちに罰金《ばっきん》を科するようになった。どんなに気をつけていても、パホームの家畜《かちく》は境界線《きょうかいせん》をこえて屋敷の領地に入ってしまう。馬が麦畑を荒《あ》らしたり、牛が庭に迷《まよ》い込《こ》んだり、子牛たちが牧草地に深入りして戻《もど》ってこなかったり。そのたびに罰金を取られる。

金を払《はら》うはめになるパホームは自分の家畜に鞭《むち》うったり、怒鳴《どな》りつけたり。それでも、ひと夏の間に管理人にとんでもない額《がく》を巻《ま》き上げられた。冬が来て、家畜を小屋に閉《と》じ込めると、ようやくひと息つけた。餌《えさ》代はかかるが、罰金の恐怖《きょうふ》はなくなった。

その冬、うわさが広まった。奥様《おくさま》が領地《りょうち》を売りに出すらしい。屋敷《やしき》の正門の守衛《しゅえい》をしている男が買う気になっているという。それを聞いて村人たちは慌《あわ》てた。「守衛といえば村の巡査《じゅんさ》役。今よりもっと厳《きび》しく罰金《ばっきん》を取り立てるぞ。あの土地を奥様が手放したら、おれたちは暮《く》らしていけない、立ち入り禁止《きんし》ばかりで、身動きできなくなってしまう」

村人全員一団《いちだん》となって奥様を訪《たず》ね、懇願《こんがん》した。領地をあいつではなく我々《われわれ》に譲《ゆず》ってほしい、あいつより高く買うから、と。

奥様は話をわかってくれた。村人たちは協同組合を作って、奥様の領地をまるごと買うのがよいと考えた。集会が開かれた。二回、三回集まっても全員の合意が得られない。まるで邪悪《じゃあく》な魔物《まもの》が現《あらわ》れて、村人を分断《ぶんだん》しているかのようだった。結局、村人それぞれが、別々《べつべつ》に、自分の才と財《ざい》を使って交渉《こうしょう》することになった。奥様はそれも認《みと》めてくれた。パホームの隣《となり》の農家が二十ヘクタール買ったら、奥様が半金《はんきん》の支払《しはら》いを一年待ってくれた。それを聞いて、パホームがどれほど悔《くや》しがったことか。

（売り切れてしまうぞ。うちの分がなくなるぞ）

パホームは妻《つま》に相談した。

「みんなが買いあさっている。うちも十ヘクタールは買わなきゃいかん。領地管理人にこれ以上罰金で苦しめられたら、生きていけない」

買う金がどこにあるか。貯めた金が百ルーブルある。子馬を売ろう。巣箱の蜜蜂《みつばち》も半分売ろう。息子ひとりを働きに出して賃金《ちんぎん》の前払《まえばら》いをもらおう。残りは妻の姉の旦那《だんな》、あの商人に借金しよう。……こうして必要な金額《きんがく》の半分ができた。金を集めたパホームは雑木林《ぞうきばやし》を含《ふく》む十五ヘクタールの土地に目をつけて、奥様との交渉に臨《のぞ》んだ。その十五ヘクタールで交渉成立。締《し》めの合図にパンッと手を打ち、前金を渡《わた》す。町へ行って土地の登記をすませて戻《もど》り、奥様に土地代の半額《はんがく》を支払う。残りの半額は二年待ってもらう。

こうしてパホームは土地を手に入れた。春に種を借りてその土地にまくと大豊作《ほうさく》。一年で奥様にも妻の姉の旦那にも借金を返すことができた。パホームは一人前の地主になった。自分の土地を耕《たがや》し、種をまく。自分の土地で草を刈《か》る。自分の土地で木を切る。自分の土地で家畜《かちく》を育てる。子孫に残せる財産《ざいさん》となった土地。その土地を耕す喜び、その土地の作物、牧草の育ち具合を見る喜び。喜びは尽《つ》きない。自分の土地に生える草、咲《さ》く花は他人の土地のものとはまったく違《ちが》って見える。去年まで何度も通り、見慣《みな》れたはずの土地が、いまやまったく違う、特別のものになった。

Ⅲ

新しい暮《く》らしが始まった。パホームは幸せだった。ただし、すべてに満足とはいえなかった。近所の農家の家畜がパホームの土地の作物や牧草を荒《あ》らすのだ。どんなに頼《たの》んでも、少しも止まない。牛が牧場に放たれる。馬が夜中に麦畑に入ってくる。パホームは追い出すだけで、罪《つみ》は問わなかったが、あまりにも目に余《あま》るので、村役場に苦情《くじょう》を申し立てた。土地が狭《せま》いためで、隣人《りんじん》たちに悪意がないとはわかっていたが。（放っておけない。このままではすべてやられてしまう。悪いことは悪いと教えてやらねば）パホームは考えた。

懲《こ》らしめるため、裁判沙汰《さいばんざた》にする。懲らしめるために罰金《ばっきん》を取り立てる。それを繰《く》り返していると、隣人たちはパホームに憎《にく》しみを抱《いだ》き、ついには、わざとパホームの土地を荒らし始めた。何者かが夜中にパホームの所有する林に忍《しの》び込《こ》み、十本ほどあったボダイジュの木をすべて切り倒《たお》し、皮を剥《は》いでいった。パホームがこの事件《じけん》を発見したのは、林の近くを通ったとき、白いものが見えたから。近づくと、樹皮《じゅひ》をすっかり剥《は》ぎ取られたボダイジュの白い芯《しん》だけが捨《す》てられていて、地面から切り株《かぶ》ばかりが突《つ》き出ていた。樹皮は高く売れるのだ。せめて端《はし》の木二、三本だけにとどめておいてくれたら、一本だけでも残しておいてくれたら……。ところが、血も涙《なみだ》もない奴《やつ》が、一本残らず切り倒していった。パホームは怒《いか》りに震《ふる》えた。（犯《はん》人《にん》を見つけ出さずにおくものか、仕返ししてやるぞ）犯人を推理《すいり》した。（わかったぞ。ショームカに違いない）ショームカの家に押《お》しかけ、さがしまわったが、何も見つからない。ののしりあっただけだったが、ショームカに対する疑《うたが》いはさらに深まった。村役場に訴《うった》えた。両者が裁判《さいばん》に呼《よ》ばれた。裁判は何度も開かれたが、結局ショームカは無罪《むざい》となった。証拠《しょうこ》不十分という判決《はんけつ》理由。パホームの怒《いか》りは収《おさ》まるどころかさらに激《はげ》しく燃《も》え上がった。パホームは村長と判事《はんじ》役に罵声《ばせい》を浴びせた。

「盗人《ぬすっと》の片棒《かたぼう》を担《かつ》ぐのか！　法の番人が犯罪《はんざい》を見逃《みのが》すのか！」

役人だけではなく、近所の村人たちとも喧嘩《けんか》になってしまった。家に火をつけるぞ、と脅《おど》されるまでになった。広々《ひろびろ》とした土地で暮《く》らせるようになったのに、パホームにとって世間は逆《ぎゃく》に狭《せま》くなってしまった。

そのころ、人々が新天地を求めて村を去っていく、という話が、聞こえてきた。パホームは思った。（せっかく手に入れたこの土地から出ていくものか。誰《だれ》かが出ていけば、それだけ土地が空く。空いた土地を買い取れば、もっと大きな農家になれる。暮らしがよくなるぞ。まだまだ狭くてたまらないからな）

パホームの住む村はロシアの大河《たいが》「母なるボルガ」の西岸に位置していた。ある日その村にひとりの旅人が現《あらわ》れた。パホームは家に招《まね》き入れ、食事を出し、ひと晩《ばん》泊《と》めてやることにした。どこから来たのか、とたずねると、はるか南、ボルガの東岸にある土地でひと夏農作業をして稼《かせ》いだ帰りだ、と答える。そして、旅人は働いた土地のことを事細かに語り始めた。そこは近頃《ちかごろ》農民たちが新天地と呼んで移住《いじゅう》していく、まさにその場所。よそ者でもすぐに新しい村民として受け入れ、新人ひとりあたり十ヘクタールの土地を分譲《ぶんじょう》してくれる、という。

「その土地たるや」と、旅人は続けた。「よく肥《こ》えた土地で、ライ麦をまけば馬がすっぽりと隠《かく》れるほど高く育ち、びっしりと隙間《すきま》なく穂《ほ》をつけるので、握《にぎ》って刈《か》る、を五回も繰《く》り返せば、その場でひと束できてしまうほどさ。貧《まず》しい農民がひとり、何も持たず身ひとつでやって来たと思ったら、今では馬六頭、牛二頭の飼《か》い主になっちまった」

パホームの心が躍《おど》った。（そんなよい暮らしがあるのに、ここの狭い土地で窮屈《きゅうくつ》な暮らしなどしていられるか。ここの家も畑も売り払《はら》って、その金で新天地に農場をたてたらどうだろう。ここで頑張《がんば》ったって、よいことなんかひとつもない。ただ、人の話だけでは信じられない。自分の目で見てみなければ……）

翌年《よくとし》の夏を待って、パホームは旅立った。ボルガ下流の大きな町サマーラまでは蒸気船《じょうきせん》で川を下り、そこからは徒歩で東へ約四百キロ。目的地に到着《とうちゃく》。あの旅人の話に嘘《うそ》はまったくなかった。農家一軒《けん》一軒が広々《ひろびろ》、ゆったりしている。移住者《いじゅうしゃ》を快《こころよ》く迎《むか》え、ひとり当たり十ヘクタール分譲《ぶんじょう》してくれる。金がある者は分譲地《ぶんじょうち》に加えて、いくらでも好きなだけ土地を買える。肥沃《ひよく》な一等地をひと区画三ルーブルで買える。いくらでも！

入念に調べ上げたパホームは夏の終わりに故郷《こきょう》に戻《もど》り、すぐさま財産《ざいさん》を売り始めた。地主の奥様《おくさま》から買った土地は、買った時よりかなり高く売れた。自宅《じたく》も畑も家《か》畜《ちく》もすべて売り払《はら》った。村役場に転出届《てんしゅつとどけ》を出し、雪解《ゆきど》けを待って、家族とともに新天地をめざした。

Ⅳ

家族とともに新天地に着いたパホームは、大きな村に受け入れてもらうことにした。村の長老たちに酒を奢《おご》り、転入届《てんにゅうとどけ》の書き方を聞きだした。パホームは受け入れられ、家族五人分の分譲地と牧草地の共同使用権《けん》を手に入れた。穀物《こくもつ》用にも、飼料《しりょう》用にも様々《さまざま》な用途《ようと》に使える土地で、合わせて五十ヘクタールほどあった。家を建て、家畜を購入《こうにゅう》した。パホームの所有地は面積にして以前の三倍になった。土地が肥沃だったので、暮《く》らしは故郷にいた時分より十倍もよくなった。耕作地《こうさくち》にも家畜の餌《えさ》にも事欠かない。好きなだけ牛の頭数を増《ふ》やせた。

はじめは、すべてうまくいくように思えた。しかし、いざ暮らしてみると、まだまだ土地が足りない、とパホームは感じ出した。手に入れた土地に一年目、小麦をまいた。豊作《ほうさく》だった。もっと小麦をまきたくなったが、自分の土地は限《かぎ》られている。この地方では、ススキの生い茂《しげ》る原野か、数年休ませた休耕地《きゅうこうち》に小麦をまく。一年か、せいぜい二年小麦を育てると、土地がやせてしまうので、その土地は休ませ、ススキの生えるのに任《まか》せるしかない。

ほどよく養分を回復《かいふく》した土地は麦作を希望する農家すべてにいきわたらない。土地をめぐる争いが始まる。貧《まず》しい農家が年貢《ねんぐ》を納《おさ》めるために仕方なく売りに出した土地を豊《ゆた》かな農家が買い上げて麦をまく。豊作《ほうさく》の翌年《よくとし》、麦畑を広げようと思ったパホームは土地を仲介《ちゅうかい》する業者から、一年契約《けいやく》で土地を借りた。

麦畑が広がった。再《ふたた》び豊作だった。ただ、借地が遠かった。村から十五キロも離《はな》れているので、荷馬車で行ったり来たりせねばならない。あたりを見ると、賢《かしこ》い農家は所有地を広げ大農園にして、ますます豊かになっている。パホームは考えた。(わかったぞ。土地を買って私有地《しゆうち》にして、農園主にならねば。みんなそうしているじゃないか)パホームは土地を買う金の算段《さんだん》を始めた。

そうこうするうち三年が過《す》ぎた。パホームは借地で小麦を作り続けた。天候にも恵《めぐ》まれ、豊作続き。金もかなり貯まった。しかしパホームは同じことの繰《く》り返しが嫌《いや》になってきた。一年が土地探《さが》しから始まる。煩《わずら》わしい。小麦畑に適《てき》した土地があると、希望者が殺到《さっとう》して、瞬《また》く間に契約を結んでいく。一歩でも遅《おく》れると小麦がまけなくなる。実際《じっさい》に三年目、パホームはもう一軒《けん》の農家と金を半分ずつ出し合って村人たちから土地を一年借りることにした。ところが、その土地が放牧用の村の共有地とわかり、金を受け取ろうとした村人はとがめられ、結局小麦をまけなくなってしまった。パホームは思った。(やっぱり自分の土地を持たなければ。持てば、人に頭を下げずに済《す》むし、罪《つみ》に問われることもない)

買い取って自分の所有地にできる土地がどこかにないか、とパホームは聞きまわり、ひとりの男に行き当たった。五百ヘクタールほどの土地を売りに出しているが、金に困《こま》っていて、値引《ねび》きしそうだという。パホームは交渉《こうしょう》を始めた。説得を続け、何とか千五百ルーブルで折り合い、半額現金《はんがくげんきん》、半額借金で話をつけた。

契約しようとしていたおりもおり、パホームは通りかかった旅の商人を家に泊《と》めた。食事を出しお茶をすすめながら話を聞いた。商人は、はるか彼方《かなた》、遊牧の民バシキール族の居留地《きょりゅうち》で、彼《かれ》らから五千ヘクタールもの土地を買った、しかもたった千ルーブルで買った、その帰り道だ、という。パホームは詳《くわ》しく話すように頼《たの》んだ。

商人は語りだした。

「長老たちのご機嫌《きげん》をとれば、それでよいのですよ。服地でも、絨毯《じゅうたん》でも、金額《きんがく》にして百ルーブルほどでよいから、贈《おく》り物だといって渡《わた》すんですよ。紅茶《こうちゃ》もひと箱、飲める者には酒も奢《おご》るとよい。それだけで一ヘクタールが二十コペイカで買える。この通り」商人は土地の登記証書《しょうしょ》を見せた。

「しかも、川沿《ぞ》いのよい土地、ステップと呼《よ》ばれる耕作《こうさく》に適《てき》した原野なんですよ」

そんなうまい話があるものかと、パホームはさらに質問《しつもん》を浴びせた。

商人は続ける。

「一年かけたって歩き回れないほどの土地がある。そのすべてをバシキール族が支《し》配《はい》しているんです。ところが彼らは無欲《むよく》で無とんちゃく。羊と少しも変わらない。ほとんどただ同然で土地が手に入りますよ！」

パホームは思った。（ここでは千ルーブル以上も払《はら》って、たった五百ヘクタール。さらに首の回らぬほどの借金が残るっていうのに、バシキールの地とやらでは、千ルーブルあれば、大地主になれる！）

V

バシキールの地への行き方を詳しく聞いたパホームは、商人が出立するやいなや、自分の旅支度《たびじたく》を始めた。妻《つま》は家に残し、農作業を手伝わせている男をひとりお供《とも》にして、馬車で出発した。町に立ち寄《よ》り、紅茶ひと箱を手始めに、商人にいわれた通りに土産や酒を買いそろえた。長い旅になった。五百キロも馬車を走らせたろうか、ようやく七日目に遊牧民の宿営地《しゅくえいち》にたどり着いた。すべてが商人から聞いた通りだった。バシキール族は川沿いのステップに設《しつら》えたパオと呼ばれる羊の毛で作られたテントに住んでいた。

彼《かれ》らは農耕《のうこう》をしない。麦から作るパンを食べない。ステップを牛が歩きまわっている。馬の群《む》れもところどころに見える。生まれたばかりの子馬《こうま》がパオに数頭繋《つな》がれている。一日に二回母馬たちを近づけて授乳《じゅにゅう》させる。その時搾乳《さくにゅう》し、その乳《ちち》から馬乳酒《ばにゅうしゅ》を作る。バシキールの女たちは馬乳酒をグルグル掻《か》き回してチーズを作る。男たちは何もしないで、一日中馬乳酒を飲むか、紅茶《こうちゃ》を飲むか。羊の肉を食べ、ときおり笛を吹《ふ》く。みんな太っていて、陽気。夏の間は毎日が祭りのようだ。彼らは読み書きができない。ロシア語を知らない。でも優《やさ》しい人々《ひとびと》だった。

パホームに気がつくと、彼らはパオからぞろぞろと姿《すがた》を現《あらわ》し、来客を取り巻《ま》いた。通訳《つうやく》できる男がいた。パホームは、その通訳を介《かい》して、土地の件《けん》で来た、と告げた。バシキールの男たちは歓迎《かんげい》の意を表し、パホームの腕《うで》をとり、見栄えのよいパオに案内した。中に入るとパホームを絨毯《じゅうたん》の上に羽毛の座布団《ざぶとん》を敷《し》いて座《すわ》らせた。彼らも取り囲むように座ると、馬乳酒と紅茶で客をもてなし、羊の肉の料理をふるまった。どうやら客人のために羊一頭つぶしたらしい。

パホームは馬車から土産を出して、彼らに配った。パホームからの贈《おく》り物にバシキールの男たちは大喜び。紅茶も喜んで受け取る。喜びながら、わいわいがやがやと仲間内で話し合い、やがて通訳の男に話の内容《ないよう》を訳《やく》すように命じた。

「命じられたから、伝える。我々《われわれ》はお前を気に入った。わが民族には伝統《でんとう》がある。贈り物への返礼として、客人のいかなる望みもかなえる。お前は素晴《すば》らしい贈り物をした。返礼せねばならない。我々に何ができるかいうがよい。何が欲《ほ》しい？」

パホームは答えた。

「みなさんが住んでいるこの土地が一番気に入りました。私《わたし》の国にはこんなに広い土地はありません。しかも、毎年種をまくので、土地がすっかりやせてしまっています。ここには広大な、そして豊《ゆた》かな土地があります。生まれて初めて見ました」

通訳が男たちに伝えた。男たちは相談を始めた。なかなか終わらない。言葉を知らないパホームは話の内容を理解《りかい》できないが、彼らが笑い声をあげながら、楽しそうに話し合っていることはわかった。やっと騒《さわ》ぎが収《おさ》まり、全員がパホームに目を向けた。通訳《つうやく》が話しはじめた。

「命じられたから伝える。お前の望みをかなえる。好きなだけの土地を喜んで贈《おく》る。お前は、どの辺の土地がよいか手で指し示《しめ》せばよい。その土地がお前のものになる」

男たちはまた何か話し合いを始めた。今度はいい争っているように見える。何をもめているのかたずねると、通訳は答えた。

「土地のことは最長老に訊《き》くべきで、彼《かれ》ぬきに決めてはいけない、という者もいれば、彼ぬきでも決められる、という者もいる」

VI

いい争いが続くうち、突然《とつぜん》、ひとりの老人が現《あらわ》れた。狐《きつね》の毛皮の帽子《ぼうし》を被《かぶ》っている。男たちは口を閉《と》ざし、サッと立ち上がった。通訳がいう。

「最長老様です」

パホームはあわてて一番上等の服を取り出し、最長老に差し出した。紅茶《こうちゃ》も二キロ渡《わた》した。土産を受け取ると、最長老は、パオの奥《おく》、一番の上座《かみざ》に腰《こし》を下ろした。バシキールの男たちが先を争って最長老に何か語りかける。最長老はしばらく黙《だま》って聞いていたが、やがてひとつうなずいて全員を黙らせ、口を開いた。出てきたのはロシア語だった。

「よいだろう。気に入った土地を好きなだけ取るがよい」

(好きなだけといわれても、どう答えたらよいだろう?)パホームは迷《まよ》った。(手続きのことも考えねば。言葉だけでは信用できないぞ)

「ありがたいお言葉で感謝《かんしゃ》いたします」と、パホームは話しはじめた。「あなた方の土地は広大です。私《わたし》はほんのひと握《にぎ》りほど分けていただきたいのです。ただ、どのこのどれだけが私の土地になるのか、はっきりさせておきませんと。できれば測量《そくりょう》して文書にしたいと思います。悲しいかな、人はいつか死にます。ご親切な皆《みな》さまは、いま私に土地を与《あた》えて下さいますが、お子さんたちが返せといい出すかもしれません」

「わかった。問題の起こらないようにしよう」と、最長老が答えた。

「商人がひとり、ここに来たと聞きました。皆《みな》さまはその男にも土地を与《あた》え、土地の登記証書《しょうしょ》を作って手渡《てわた》したようですね。私《わたし》にもそのようにしていただければ」

「苦もないことだ。わしらの仲間に字の書ける者がいる。いっしょに町の役場へ行こうではないか。すべての書類に判《はん》を押《お》してやろう」

「私はなんルーブルお支払《しはら》いすればよいのでしょう？」と、パホームはたずねた。

「わが土地の値段《ねだん》は、一日千ルーブルと決まっている」

パホームは理解《りかい》できなかった。

「その一日という単位はなんですか？　なんヘクタールになるのですか？」

「わしらはヘクタールとか、なんとか、そういう数え方は知らぬ。一日いくらで土地を売る。お前が一日で歩きまわれた土地、それがお前のものになる。その一日分が千ルーブルということだ」

パホームは驚《おどろ》いた。

「一日で歩きまわれる面積って、すごいですよ」

最長老は笑う。

「そのすべてがお前のものになる。ただし、条件《じょうけん》がひとつあるぞ。出発した場所に日が暮《く》れるまでに戻《もど》ってこなかったら、お前は金を失うことになる」

「あのう、どうやって」と、パホームはたずねた。「私の歩いた跡《あと》にしるしをつけるのですか?」

「いっしょに出かけよう。お前が気に入った場所から歩きはじめるがよい。わしらはそこで待ちつづける。お前はぐるっと一周してくればよい。スコップを持っていけ。歩く方向を変える時、目印を残さねばならぬから、穴《あな》を掘《ほ》れ。そして近くの芝《しば》をひと握《にぎ》り根こそぎ引き抜《ぬ》いて、穴に入れておくのだ。翌日《よくじつ》馬にスキをつけて穴から穴へ線を引く。四角でも三角でも、好きな形を描《えが》くがよい。とにかく日が暮れるまでに出発した場所に戻ってこい。回った線の内側が、すべてお前の土地になる」

パホームは、大喜び。明日さっそくその測量《そくりょう》を実行することにした。パオでの宴《うたげ》は、しばらく続いた。馬乳酒《ばにゅうしゅ》を飲み、羊肉を食べ、茶を飲むうちに夜はふけた。パホームのために羽根布団《ぶとん》が敷《し》かれ、男たちは去っていく。明日は暗いうちに出発して、日の出前に出発地点に着く、と決まった。

Ⅶ

羽根布団に横たわったが、なかなか寝《ね》つけない。パホームは土地の事ばかり考えていた。（夢見《ゆめみ》た王国がいよいよ手に入る。一日あれば五十キロは歩ける。一日は長いぞ。周囲五十キロの土地は大きいぞ。やせた土地は売って金に換《か》えてもよい。借地にして他人に耕作《こうさく》させてもよい。肥沃《ひよく》な土地だけを選んで、そこには自分で種をまこう。スキをひく牛は二頭必要。働き手もふたり雇《やと》わなければ。五十ヘクタールで作物を育て、残りの土地で牛を放牧しよう）

深夜になっても眠《ねむ》れなかった。明け方近くようやくウトウトする。まどろむとすぐ夢《ゆめ》を見た。夢の中でもパホームは同じパオの中で寝ていた。外で誰《だれ》かがゲラゲラ笑っている。いったい誰がそんなに笑っているのか知りたくて、夢の中のパホームは起き上がった。パオから出てみると、あのバシキールの最長老が地面にペタッと座《すわ》っていた。老人は腹《はら》を抱《かか》えて体をゆすり、ゲラゲラと笑っている。

近寄《ちかよ》って「何がそんなにおかしいのですか?」と、聞く。すると、バシキールの最長老だった男が姿《すがた》を変え、ついこのあいだパホームの家に立ち寄《よ》り土地の話をした商人になる。「いつからここにいるんだ?」と聞くやいなや、男はさらに姿を変え、ボルガ下流からやって来た出稼《でかせ》ぎの農夫になった。

いや、農夫でもなかった。その正体は角を二本はやし、足先が馬の蹄《ひづめ》になっている悪魔《あくま》。間違《まちが》いない。悪魔が地面に座って笑っている。悪魔の前に男が横たわっている。男ははだしで、綿《めん》の肌着《はだぎ》とズボンだけを身に着けている。いったい誰なんだろう、と顔を覗《のぞ》きこむ。なんと、それは死体らしい。しかも、ほかならぬパホーム自身の……。
恐怖《きょうふ》にかられ、目を覚ました。パホームは思った。（つまらない夢《ゆめ》を見た）
あたりを見まわす。開け放しのパオの入り口を通して見ると、外はすでに白み始めている。空が明るくなりかけている。（みんなを起こさなければ。出発しなければ）
パホームは布団《ふとん》から出て、外の馬車で寝《ね》ているお供《とも》の男を起こし、出発の準備《じゅんび》を命じ、自分はバシキールの男たちを起こしに向かった。
「土地を測《はか》りにステップへ行く時間ですよ」
起き出したバシキールの男たちがひとつのパオに集まると、そこに最長老が姿《すがた》を現《あらわ》した。バシキールの男たちは、またも馬乳酒《ばにゅうしゅ》を飲み始め、パホームに紅茶《こうちゃ》をすすめた。パホームは待っていられなかった。
「時間がありません。さあ、出かけましょう」

Ⅷ

外に出たバシキールの男たち。馬にまたがる者、馬車に乗る者、いっせいに出発した。パホームとお供は自分の馬車にスコップを積んで出発。ステップに着くころには、朝焼けが始まっていた。バシキール語でシハーンと呼《よ》ばれる小高い丘《おか》の上に到着《とうちゃく》。馬から降りる者、馬車から降りる者、全員がひと塊《かたまり》に。最長老がパホームに近寄《ちかよ》り丘の下方を手で指し示《しめ》す。

「見るがよい。見渡《みわた》す限《かぎ》りわしらの土地だ。どこでも好きなところを選べ」

パホームは目を見張《みは》る。手のひらのように平らなススキの原野、養分たっぷりの黒土、低地には雑草《ざっそう》が身の丈《たけ》ほども生い茂《しげ》る。

最長老は狐《きつね》の毛皮の帽子《ぼうし》を脱《ぬ》いで、地面に置いた。

「これが目印。ここから出発し、ここに帰ってこい。回った土地がお前のものになる」

パホームは懐《ふところ》から金を出し、帽子《ぼうし》の上に置いた。足下まですっぽり包む温かい毛の外套《がいとう》を脱《ぬ》ぎ、肌着《はだぎ》の上にラシャの上着という姿《すがた》になる。その前合わせの上着を幅広《はばひろ》の帯で巻《ま》き、腹《はら》の下でギュッと締《し》めつける。パンを入れた布《ぬの》の袋《ふくろ》を懐に差しこみ、水筒《すいとう》を帯に括《くく》りつける。長靴《ながぐつ》の胴《どう》を引っ張《ぱ》り上げ、お供《とも》からスコップを受けとれば、準備完了《じゅんびかんりょう》。

最初に向かう方向を決めたいが、東西南北、どちらもよく見える。（さしあたり、日の出の方向へ歩き出そう）日ののぼる方向に顔を向け、足踏《あしぶ》みで体を温める。地平線から太陽が姿を現《あらわ》した瞬間《しゅんかん》に最初の一歩を踏《ふ》み出すのだ。（一秒たりとも時間を無駄《むだ》にしないぞ。朝の涼《すず》しいうちに距離《きょり》を稼《かせ》ごう）太陽の光が地平からこぼれるやいなや、スコップを肩《かた》に担《かつ》ぎ、パホームはステップへ踏みだした。

パホームは速くなく、遅《おそ》くなく歩いた。一キロほど行ったところで足を止め、穴《あな》を掘《ほ》り、根ごと剥《は》いだ芝《しば》を一枚《まい》、よく見えるように、念のためもう一枚穴に入れた。先へ進む。筋肉《きんにく》がほぐれてきたので速度を上げる。さらに一キロ行ったところで次の穴を掘る。

パホームはここで一度振《ふ》り返ってみた。日の当たる小高い丘《おか》がよく見える。男たちが立っている。荷馬車の車輪の外枠《そとわく》が白く光っている。五キロは歩いたように見えた。体が熱くなった。ラシャの上着を脱いで肩にかけ、先へ進んだ。さらに五キロ歩いた。気温が上がった。太陽が高くなっている。そろそろ食事だ。

（ここで一度休憩《きゅうけい》だ。このぐらいの運動量なら一日に四回は繰《く》り返せるぞ。まだ曲がらなくてもよいだろう。でも靴《くつ》はここで脱ごう）座《すわ》って長靴を脱ぎ、それを帯に括りつけ、先を急いだ。足が軽くなった。（あと五キロ行って、それから左へ曲がろう。このあたりの土地は肥《こ》えている。ここを逃《のが》す手はないぞ。行けば行くほど土地がよくなる）さらにまっすぐ進んだ。振り返ると、もう丘はほとんど見えない。かすかに見えるゴマ粒《つぶ》のような黒い点は人か？　白く光る点もある。

（さて、この方向へはかなり歩いた。曲がらなくては。汗《あせ》だくだ。喉《のど》が渇《かわ》いた）足を止め、少し大きな穴を掘る。芝を入れ、水筒を帯から外し、たっぷり水を飲むと、左に直角に折れ、歩き出す。どんどん進む。

草の背《せ》が高くなり、暑さが増《ま》す。パホームは疲《つか》れを感じ始めた。太陽を見る。真上、つまり昼飯時だ。（ひと休みしよう）パホームは立ち止まり、腰《こし》を下ろした。パンを食べ、水を飲む。横にはならない。横になったら、眠《ねむ》ってしまう。しばらく座《すわ》って、また歩き出す。しばらく快調《かいちょう》。食べたから、元気が出る。

しかし、暑さは厳《きび》しくなり、眠気《ねむけ》に襲《おそ》われる。それでも歩き続ける。「一時我慢《がまん》すれば、一生楽ができるんだ」と、パホームは自分にいい聞かせる。

図形の一辺を描《えが》き、曲がって、第二の辺を描いてきたが、それも十分な長さになった。左へ曲がろう、と思ったその時、広い窪地《くぼち》が見えた。ここも自分の所有地にしたい。（亜麻《あま》を植えたら、よく育つだろうなあ）方向を変えずに歩き続ける。窪地を囲いこんだところで穴《あな》を掘《ほ》り、そこを第二の曲がり角にする。

丘《おか》を見やる。暑さのせいで、霞《かすみ》がかかっている。ユラユラ空気が揺《ゆ》れている。濃《こ》い霞を通して丘の上の人々《ひとびと》がかすかに見える。彼《かれ》らまで十五キロほどだろうか。パホームは考えた。（二辺は長くしてしまった。第三の辺は少し短めにしよう）第三の方向へ歩き出す。足を速める。太陽を見ると、かなり傾《かたむ》いている。農作業だったら、そろそろ午後のお茶の時間だ。まだ第三辺は二キロしか歩いていない。ゴール地点までは十五キロのまま。

（まずいぞ。これでは変な形の農園になってしまうが、しかたない、急いでゴールへ直進しよう。これ以上土地はいらない。もう十分だ）パホームは急いで最後の穴を掘り、向きを変えて、まっすぐゴールの丘を目指した。

Ⅸ

パホームはまっすぐ丘へ向かっていたが、足取りは重かった。汗《あせ》だく、はだしの足は切り傷《きず》と打ち身だらけで、いまにも崩《くず》れ落ちそう。休みたくても、休めない。休んだら日没《にちぼつ》までに到着《とうちゃく》できない。太陽は待ってくれない。どんどん沈《しず》んでいく。

（ああ、間違《まちが》えたかな？　欲張《よくば》りすぎたかな？　もうダメかもしれない）丘《おか》を見て、太陽を見る。ゴールは遠い。太陽は地平線に近づいている。
　パホームは歩き続ける。苦しい。しかし、急ぐ。足を速める。歩いても、歩いても、まだ遠い。ついに駆《か》け出す。上着を投げ捨《す》てる。長靴《ながぐつ》も水筒《すいとう》も帽子《ぼうし》も捨てる。残したのはスコップだけ。杖《つえ》の代わりだ。（ああ、欲《よく》に目がくらんで、せっかくの機会を無駄《むだ》にしてしまった。日没《にちぼつ》に間に合わない）荒《あら》い呼吸《こきゅう》が恐怖《きょうふ》のせいでさらに荒くなる。パホームは走る。汗《あせ》に濡《ぬ》れた肌着《はだぎ》とズボンが肌《はだ》に張《は》り付く。口の中はカラカラ。胸《むね》は鍛冶屋《かじや》のフイゴのように膨《ふく》らんではしぼむ。それを繰《く》り返す。心臓《しんぞう》はハンマーで叩《たた》かれているかのよう。足の感覚がない。折れてしまったのか。パホームの苦しさは限界《げんかい》に近づいた。（限界を超《こ》えたら、死ぬ）
　死ぬのは怖《こわ》いが、止まれない。（こんなに走って来たのに、ここで止まったら、大馬鹿者《ばかもの》だ。死んだ方がましだ）走る、走る。残りはわずか。声が聞こえる。バシキールの男たちの歓声《かんせい》と笑い。その声に励《はげ》まされるように、気力を振《ふ》り絞《しぼ》る。最後の力を振り絞る。走り続ける。太陽は、地平線にかかる寸前《すんぜん》、雲に入り、膨らんで、赤い血の色になる。

あと少しで日が沈《しず》む。手を伸《の》ばせば届《とど》きそうな太陽。ゴールも目と鼻の先。丘の上で男たちが手を振っている。パホームを呼《よ》び招《まね》いている。地面に置かれた狐《きつね》の毛皮の帽子が見える。その上に置かれた金が見える。最長老が見える。地面に座《すわ》って両手で腹《はら》を抱《かか》えている。

パホームは未明に見た夢《ゆめ》を思い出した。

（望んだ広さの土地。神は私《わたし》にそこで生きることをお許《ゆる》しになるだろうか？　いや、欲張りすぎた。もう間に合わない）

太陽を見た。すでに地平にかかっている。もはや円ではなく、下端《かたん》が欠けた円弧《えんこ》になっている。最後の力を振り絞り、体を前へ進める。転ぶ寸前で、やっと次の一歩が出る。丘にたどり着いた。その時、突然《とつぜん》暗くなった。

見上げると、日が落ちてしまっている。パホームは悲鳴を上げた。（終わった。すべて無駄《むだ》だった）足を止めようとした、その時、バシキールの男たちの声が聞こえた。まだ応援《おうえん》している。

パホームは気がついた。丘《おか》の下にいる彼《かれ》の目から消えた太陽が、丘の上からはまだ見えているのだ。

空気を思いきり吸《す》い込《こ》んで、一気に丘を駆《か》け上がった。丘の上はまだ明るかった。帽子《ぼうし》が見える。帽子の向こうに座《すわ》った最長老が腹《はら》を抱《かか》えて笑っている。

パホームは未明の夢《ゆめ》を思い出した。アーッ、とひと声上げ、足から崩《くず》れ落ちる。前へ倒《たお》れる。手が帽子に届《とど》く。

「お見事。お前は欲《ほ》しいだけの土地を手に入れたぞ！」

パホームのお供《とも》をしてきた男が駆け寄《よ》り、主人を抱《だ》き起こそうとした。パホームの口から血が流れ出た。パホームは死人となって横たわっていた。

バシキールの男たちが口の中で舌《した》を動かして奇妙《きみょう》な音を出した。憐《あわ》れみの気持ちを表しているらしい。

お供の男はスコップを拾い上げ、パホームのために墓穴《はかあな》を掘《ほ》った。パホームの足の先から頭まですっぽり入る長さの穴《あな》。二メートルもあれば足りる。
その穴にお供は主人の亡骸《なきがら》を埋葬《まいそう》した。

小悪魔《こあくま》がパンの恨《うら》みをパンで晴らす

Как чертенок краюшку выкупал

ある村に、貧《まず》しい爺《じい》さんが住んでいた。ある朝、爺さんは、朝飯を抜《ぬ》き、パンひと切れを弁当《べんとう》にして、馬にまたがり、畑に向かう。畑に着いた爺さんは、農具のスキを馬につける。スキから外したつっかえ棒《ぼう》を畔《あぜ》に置き、パンも並《なら》べて上着をかけた。

畑の土をおこすうち、馬は汗《あせ》だく、爺さん腹《はら》ペコ。スキを馬から外して土に刺《さ》す。放たれた馬は野原で昼飯。爺さんも飯にしようと、上着を置いた場所へ行く。上着をめくると、――ない。パンがない。上着を振《ふ》っても、出てこない。爺さんは首を傾《かし》げた。

「おかしなことがあるものだ。誰《だれ》の姿《すがた》も見なかった。でも、誰かにパンを盗《ぬす》まれた」

実はこれ、小さな悪魔《あくま》の仕業だった。爺さんが畑を耕《たがや》している間に、パンを盗み、爺さんが驚《おどろ》く様子を繁《しげ》みの中でじっと見ている。小さな悪魔は、爺さんが吐《は》き出す言葉にじっと聞き耳を立てている。きっと、神様を汚《けが》す言葉をいうはずだ。「アクマ!!」と口に出してくれたら大成功。

爺さんは悲しそうだったが、その口から罵声《ばせい》は出なかった。

「しょうがない。腹が減《へ》っても、死にはせん! きっと盗むだけの訳《わけ》があったに違《ちが》いない。恵《めぐ》んでやったと思っておくさ」というと、爺さんは、近くの井戸《いど》へ行って、水をたっぷり飲み、馬を捕《つか》まえ、スキをつけ、また畑を耕しだした。

小悪魔は、悔《くや》しがる。爺さんに罪《つみ》を犯《おか》させようとしたのに、大失敗。親分の大悪魔のもとへ成績《せいせき》の報告《ほうこく》に向かった。

パンひと切れをかすめ取り、爺さんに汚《きたな》い言葉を使わせようとしたが、出てきたのは慈愛《じあい》に満ちた天使の言葉。この報告を聞いた大悪魔が、なんと怒《いか》り狂《くる》ったことか……。

「この勝負、爺さんの勝ち。お前の負け。お前は落第。男も女も、人間みんなが天使の心を持ってしまったら、俺《おれ》たち悪魔の出る幕《まく》がない。このまま、すますわけにはいかない。もう一度、爺《じい》さんの所へ行って、パンの敵《かたき》をとってこい。三年だけ待ってやる。今度負けたら、お前を聖水《せいすい》に浸《つ》けてやるぞ」

小悪魔《こあくま》は震《ふる》えあがった。聖水に浸けられたら、悪魔は死んでしまうのだ。急いで爺さんの村へ戻《もど》り、懸命《けんめい》に知恵《ちえ》を絞《しぼ》った。パンによる失敗をパンによって取り返すには……考えに考え抜《ぬ》いて、ついにその方法を思いついた。

小悪魔は人間に変身し、立派《りっぱ》な青年の姿《すがた》になって、爺さんの野良仕事を手伝い始めた。

一年目はカラカラに乾《かわ》いた天気だった。青年は爺さんに、麦を沼地《ぬまち》にまきなさい、と教えた。爺さんは青年のいう通り沼地に麦の種をまく。村中の作物が日に焼けて枯《か》れてしまったのに、貧《まず》しい爺さんの麦だけは、畑一面びっしりと、高く育って、ずっしり重い穂《ほ》をつけた。爺さん一家は一年間たっぷりパンを食べられた。手つかずのパンがたくさん残るほどだった。

翌年《よくとし》、青年は爺さんに、麦を山の上にまきなさい、と教えた。その年の夏は大雨に見舞《みま》われた。村中の麦が倒《たお》れて水に浸かり、穂を結ばなかったのに、山の上の爺さんの麦だけは大豊作《ほうさく》。前の年よりもっとたくさん麦が残るほどだった。あまった麦の使い道を爺さんは知らなかった。

青年は爺さんに麦をつぶして粉にして、発酵《はっこう》させて、酒にしなさい、と教えた。樽《たる》いっぱいの酒ができ、爺さんひとりでは飲みきれない。お客を呼《よ》んで飲ますことにする。

小悪魔は親分の大悪魔のもとへ帰り、パンの敵をパンでとった、とご報告《ほうこく》。大悪魔は結果を見ようと腰《こし》を上げた。

大小二匹《ひき》の悪魔が村へやって来た。爺さんが金持ちを呼び集め酒盛《さかも》りをしようとしている。婆《ばあ》さんが酒の注がれた杯《さかずき》を客に配る。ところが、婆さんつまずいて、杯一杯分《いっぱいぶん》をこぼしてしまう。爺さんが腹《はら》を立て、汚《きたな》い言葉を婆さんに浴びせかける。

「クソババア！　ボケたか！　菜っ葉の汁《しる》じゃないぞ、宝《たから》の水だぞ。もったいない。お前なんか、アクマに食われちまえ！」

小悪魔《こあくま》が大悪魔を肘《ひじ》で小突《こづ》いた。

「聞きましたか？　アクマと口にしましたよ。それに、パンひと切れ分の酒をあんなに惜《お》しんでいますよ」

婆《ばあ》さんを罵《ののし》るだけ罵って、爺《じい》さんは自分で酒を配りだした。そこへ、畑仕事を終えた貧乏《びんぼう》な農夫が、招《まね》かれていないのに、爺さんの家に入ってきた。「こんばんは」と、あいさつして、テーブルに着く。酒盛《さかも》りが始まりそうなのを見て、自分も一杯《いっぱい》ご馳《ち》走《そう》になり、仕事の疲《つか》れを癒《いや》したいと思ったのだろう。農夫は座《すわ》ってじっと待つ。何度も唾《つば》を飲みこむ。ところが、爺さんは、貧乏な農夫の前に杯《さかずき》を置かない。しかも、心の中では悪魔だけに聞こえる声で毒づいている。「お前らに飲ます酒など、余《あま》っていない」

大悪魔の機嫌《きげん》がよくなった。こういう差別は、悪魔の大好物。小悪魔は、鼻高々《はなたかだか》。

「ちょっとお待ちを、親分さん、まだまだ先がありますよ」

金持ち連中が最初の一杯を空けた。爺さんも空けた。酒が回ると、互《たが》いに褒《ほ》め合い、讃《たた》え合う。おもねる、へつらう、嘘八百《うそ》を並《なら》べ立てる。

嘘も悪魔の大好物。大悪魔は小悪魔を褒める。

「この飲み物は人間をずる賢《がしこ》いキツネに変える効果《こうか》を持っているな。だまし合いを楽しんでいる。こいつらはもう悪魔の餌食《えじき》だ。上出来だ」

小悪魔が答える。

「ちょっとお待ちを、親分さん。まだまだ先がありますよ。もう一杯ずつ飲ませましょう。今はキツネのように尻尾《しっぽ》を振《ふ》り合い、だまし合っていますがね、見ていてください。まもなくキツネが獰猛《どうもう》なケダモノ、オオカミに変わりますから」

男たちは二杯《はい》めを飲み干《ほ》した。とたんに、声が高く、言葉が荒《あら》くなった。褒め合いが罵り合いになり、やがて怒《いか》りが爆発《ばくはつ》、相手の胸《むな》ぐらをつかんで、殴《なぐ》る蹴《け》る。爺さんも喧嘩《けんか》に加わり、袋叩《ふくろだた》きになる始末。

大悪魔は大喜び。暴力《ぼうりょく》も悪魔の大好物。

「百点満点だ」

「ちょっとお待ちを、親分さん。まだまだ先がありますよ。三杯《ばい》飲んだら、どうなるか。今は凶暴《きょうぼう》なオオカミですが、次の一杯《いっぱい》で、みんなブタになりますよ」

三杯で、男たちは酔《よ》い潰《つぶ》れてしまった。うわごとをいう。声は大きい、意味は不明。人の話は聞いていない。酒盛《さかも》りはお開きになる。ひとり、ふたりと席を立ち、やがて全員が千鳥足で外へ出る。見送りに出た爺《じい》さんが泥道《どろみち》に足を滑《すべ》らせ、顔から突《つ》っ込《こ》む。全身泥んこ、まさに家畜《かちく》小屋の肉用のブタ。ブーブー鳴いている。

大悪魔《あくま》の機嫌《きげん》は最高点に達した。

「すごい飲み物を作ったな。しかも、麦から。見事にパンの失敗をパンで償《つぐな》った。小悪魔よ、この飲み物の作り方を教えてくれ。たぶん最初にキツネの血を入れたのだろう。飲んだ男はキツネに変身、ずる賢《がしこ》くなった。次はオオカミの血。男は獰猛《どうもう》なケダモノになった。最後はブタの血だろう。飲んだ男はブタになったぞ」

「いいえ、いいえ、親分さん。血なんか混《ま》ぜていませんよ。爺さんの畑で麦がよく育つようにしてやっただけです。ケダモノの血は、もともと人間の体の中にあるんです。爺さんの体の中にもあるんです。麦の収穫《しゅうかく》が平年並《へいねんな》みで、ほどほどの量だと、その血は表に出てきません。腹《はら》をすかせた人がいたら、パンを恵《めぐ》んであげます。たとえ最後のひと切れだったとしても。ところが、豊作《ほうさく》で麦が余《あま》ったら、爺さん頭を使い始める。自分を幸福に出来る方法はないかな、と。そこで、酒の作り方を教えてやったんです。酒に酔えば、幸福を感じられますからね。爺さんは、自分自身の幸福のため、天の恵みを酒に変えて、飲みました。その時、体の中のキツネの血、オオカミの血、ブタの血が騒《さわ》ぎだした、というわけです。これからは、飲めば、必ずケダモノになります」

大悪魔は小悪魔を褒《ほ》め、パンひと切れによる失敗を許《ゆる》し、正式の悪魔と認《みと》めただけでなく、悪魔界の幹部《かんぶ》に取り立てた。

カラッポの太《たい》鼓《こ》

—エメリヤンと王様—

Работник Емельян и пустой барабан

ある村に、エメリヤンという名の若者《わかもの》がいた。エメリヤンは、やとわれ農夫。畑も家も持っていない。

ある日、いつものように、ご主人さまの畑へ向かう。草原を歩いていると、目の前で、カエルが一匹《ぴき》ピョンッと跳《は》ねた。踏《ふ》みつぶしては、かわいそう。エメリヤンは、気をつけて、カエルをまたいで、先へ行く。すると、突然《とつぜん》、後ろから、聞こえてきたのは大きな声。

振《ふ》り返ったエメリヤンの目に映《うつ》ったのは、美しい娘《むすめ》さんの姿《すがた》。その娘さんが呼《よ》んでいる。

「エメリヤン、どうして、まだ、結婚《けっこん》しないの？」

「美しい娘さん、見ればわかるだろ。オレは、たったこれだけの男。何も持っていない。嫁《よめ》に来る娘なんて、いるものか」

　すると、娘さんがいった。

「わたしをお嫁さんにして！」

　エメリヤンは、ひと目でその娘さんが気に入った。

「うれしいね。嫁になってほしいけど、ふたりで、いったい、どこに住む？」

「心配しないで。それはわたしが考える。あなたは、働くことだけ、考えて。ちょっとだけ、寝《ね》る間を惜《お》しんで、今より多く働いてくれれば、どこで暮《く》らそうと、着るもの食べるものに困《こま》ることはないわ」

「わかった、働く。結婚しよう。それで、いったい、どこに住む？」

「ふたりで町へ行きましょう」

　エメリヤンと娘さんは村を出て、王様のお城《しろ》がある町へ来た。娘さんが用意したのは、町はずれの小さな家。ふたりは結婚して、暮らし始めた。

　ある日、王様がお城から出てきた。エメリヤンの家の近くを行列が通る。エメリヤンのお嫁《よめ》さんは、王様を見物しようと、道へ出る。

その姿《すがた》を見て、王様はビックリ。（美しい。こんな娘《むすめ》がこの世にいるとは！）王様は、馬車を止め、エメリヤンのお嫁さんを近くに呼《よ》んで、「なに者か？」と、たずねた。

「エメリヤンという、お百姓《ひゃくしょう》さんの嫁です」

「農民？　こんなに美しい娘が農民の嫁だというのか？　わしと結婚《けっこん》しよう。王《おう》妃《ひ》になれ！」

「もったいないお言葉。ありがとうございます。でも、わたくしはお百姓さんの嫁で、十分幸せでございます」

ことわられた王様は、美しい娘とわかれ、行列を先に進めた。

お城《しろ》に戻《もど》ったが、王様の頭からエメリヤンの若《わか》い嫁の姿が離《はな》れない。王様は、その夜一睡《いっすい》もせず、エメリヤンから若い嫁を奪《うば》い取る方法を考え続けた。朝になっても、よい案が浮《う》かばない。そこで、家来を呼びつけて、案を作れと命令した。

家来たちは、王様に提案《ていあん》した。

「エメリヤンという男をお城に呼んで、雑用係《ざつようがかり》にしたらいかがでしょう。わたくしたちがその男を死ぬまでこき使います。夫を失った未亡人《みぼうじん》なら、お妃《きさき》さまに迎《むか》えられます」

王様は、この案が気に入り、エメリヤンの家に使いを出して、お城に上がり、雑用係になり、城内《じょうない》で妻《つま》と一緒《いっしょ》に住むように、との命令を伝えさせた。

命令を伝えた使者が去ると、お嫁さんは、エメリヤンにいった。

「いわれた通り、お城へ行きなさい。昼間働いて、夜はこの家に帰ってきてね」

翌日《よくじつ》、エメリヤンは、お城へ行った。上司の城番《じょうばん》が質問《しつもん》する。

「どうしてひとりで来た？　嫁は置いてきたのか？」

「ひとりで大丈夫《だいじょうぶ》です。嫁にはちゃんと家がありますから」

その日、エメリヤンに与《あた》えられた仕事は、普通《ふつう》の男のふたり分。夜までに終わらないな、と思いながらとりかかったが、何のことはない、夜が来るはるか前に、すべて片《かた》づいてしまった。

エメリヤンが仕事を終えたのを見て、城番《じょうばん》は、明日はさらに倍、四人分やれ、と命じた。

家に帰ったエメリヤンは、目を見張《みは》る。家の中は、隅《すみ》から隅まで掃除《そうじ》され、チリひとつなく、暖炉《だんろ》の火で、程《ほど》よく温められている。料理はすでに出来上がっていて、お嫁《よめ》さんは機織《はたお》り機で布《ぬの》を織っている。夫の帰宅《きたく》を待ちわびていたお嫁さんは、さっそく夕食をテーブルに並《なら》べ、夫が渇《かわ》きをいやし、満腹《まんぷく》になったころ合いを計って、仕事について、「どうだった?」と、たずねた。

「どうもこうも、ひどいものさ。とてもひとりじゃ手に負えない。山ほどの仕事で、きっとオレを殺す気だ」

「仕事の量なんて、考えちゃダメ。後ろも、前も、見てはダメ。どれほどやったとか、どれほど残ったとか考えないで、とにかく体を動かしなさい。時間までに、すべて終わりますよ」

エメリヤンは床《とこ》に就《つ》いた。

翌朝《よくあさ》もお城《しろ》へ仕事に行った。いわれた通り、何も考えずに体を動かした。すると、どうだろう、夜までにすべて完成。明るいうちに帰宅できた。

エメリヤンに与《あた》えられる仕事の量は、どんどん増《ふ》やされた。それでも、エメリヤンは、それを難《なん》なくこなし、毎晩《まいばん》決まった時間に家へ帰った。

一週間過《す》ぎた。王様の家来たちは考えた。力仕事では、この男を参らすことはできそうもない、それなら、頭を使う仕事をやらせてみてはどうだろう、と。

ところが、それでもうまくいかない。大工の仕事、石工の仕事、屋根ふきの仕事、いろいろやらせてみたのだが、エメリヤンは、すべてを時間通りにこなして、毎晩お嫁さんのもとへ帰っていく。さらに一週間が過ぎ、とうとう王様が家来たちを呼《よ》びつけた。

「お前たちは、無駄飯食《むだめしぐ》いか!? あれから二週間たったのに、何のよい知らせもないぞ。エメリヤンは、とっくの昔に疲《つか》れ果てて死んでいるはずなのに、窓《まど》から見ると、毎日元気に帰っていくぞ。しかも、歌など口ずさみながら。お前たちは、わしを笑いものにしたいのか？」

家来たちは、あわてて言い訳《わけ》を始めた。

「わたくしたちは、必死にがんばりました。最初は、力仕事で苦しめてやろうとしました。でも、あの男には、どこ吹《ふ》く風。何をやらせても、朝飯前で、サッサと片《かた》づけてしまう。次に、頭を使う仕事をやらせてみました。脳《のう》みそは足りないだろう、と思ったのです。しかし、何の効《き》き目もない。まったく不思議です！　すべての試験で満点を取る。ありえません。きっと、あの男か、あるいは、あの男の嫁《よめ》が魔《ま》法《ほう》の力を持っているのです。とてもかないません。こうなったら、あの男でもとうてい不可能《ふかのう》な仕事を考え出すしかありません。わたくしたちは、難題《なんだい》をひとつ思いつきました。王様、あの男に一日で教会を建てろ、と命令しては、いかがでしょう。エメリヤンを呼《よ》び出して、王様から直接《ちょくせつ》、お城《しろ》の正面に新しい教会を一日で建てろ、と命令してください。建てられっこありませんから、命令違反《いはん》で処刑《しょけい》できます。首を切り落とせます」

王様は、エメリヤンを呼んで、命令した。

「よいか、王の命令じゃ。城の前の広場に新しい教会を建てよ。明日の夜までに完成させるのじゃ。完成できたら、褒美《ほうび》を取らす。できなければ、処刑するぞ」

王様の命令を聞くや、エメリヤンは、すぐさま家へ向かった。「大変なことになった。オレの運もつきたか」家に着き、お嫁さんにいう。

「すぐに支度《したく》しろ。どこかへ逃《に》げよう。グズグズしていたら、おしまいだ」

「何ですか？　逃げようなんて、どうしてそんなに怯《おび》えているの？」

「どうして怯えるかって？　当たり前だろ、王様に一日で教会を建てろと命令されたんだぞ。従《したが》わなければ、首を切るって、脅《おど》された。逃げるしかないだろ、今のうちに」

お嫁さんは、少しも動じなかった。

「王様はね、軍隊を持っているのよ。この国は兵隊さんだらけ。どこへ逃げても、すぐに捕《つか》まってしまいます。王様からは逃《に》げられません。どうにかして、命令に従《したが》うよりほかに道はありません」

「どうにかして、といっても、どうにもならないだろ？」

お嫁《よめ》さんは、泣く子をあやすように、エメリヤンに語りかけた。

「エメちゃん、怖《こわ》くないわよ。夕ご飯を食べて、寝《ね》なさい。明日は少し早く起きましょうね。すべてちゃんと間に合うわ」

エメリヤンは床《とこ》に就《つ》いた。朝、お嫁さんに起こされる。

「さあ、お城《しろ》に行く時間ですよ。行って、教会を完成させるのよ。はい、これ持って。カナヅチと釘《くぎ》。一日分の大工仕事が残っているだけよ」

エメリヤンは家を出る。

お城に着くと、王様の御殿《ごてん》のすぐ前、広場の真ん中に、まさに新しい教会が、すでに立っているではないか。でも、わずかに未完成。エメリヤンは、残った箇所《かしょ》を直したり、仕上げたり。夕方までに完成させた。

目を覚ました王様が、御殿の窓《まど》から外を見ると、なんと、教会が立っている。エメリヤンが、歩き回って、あちらこちらに釘を打っている。王様の注文通りの立派《りっぱ》な教会。でも、王様は喜ばない。これっぽっちも、うれしくない。エメリヤンを罰《ばっ》せられないから。若《わか》い嫁を奪《うば》えないから。

王様は、もう一度家来たちを呼《よ》んだ。

「エメリヤンは、注文通りの仕事をしたぞ。処罰《しょばつ》できないではないか。あの男には、簡単《かんたん》すぎた。もっと難《むずか》しい仕事を考えろ。頭を使え。それとも、お前たちのその役立たずの頭を先に切り落とそうか」

家来たちは、必死になって、新しい作戦を立てた。「お堀《ほり》をつくれ、とエメリヤンに命令したら、いかがでしょう」「お城のまわりに、水の流れるお堀、船が浮《う》かぶお堀をつくれ、と命令したら、いかがでしょう」

王様は、エメリヤンを呼びだして、この新しい命令を与《あた》えた。

「いいか。ひと晩《ばん》で教会を建てたお前なら、簡単にできるであろう。王の注文じゃ。

明日中に出来上がらなかったら、お前の首を切る」

エメリヤンは、昨晩《さくばん》よりも意気消沈《いきしょうちん》。青い顔で、お嫁《よめ》さんのもとへ帰ってきた。

「どうしたの、顔色が悪いわよ。また何か王様にいわれたの？」

エメリヤンは事の次第を話した。

「逃《に》げよう」

お嫁さんは、逃げても無駄《むだ》、と説得する。

「軍隊がいるのよ。王様が号令を出せば、わたしたちなんか、あっという間に捕《つか》まってしまうわ。命令に従《したが》うのよ」

「従うって、いったいどうやって？」

「エメちゃん、怖《こわ》くないわよ。夕ご飯を食べて、寝《ね》なさい。明日は少し早く起きましょうね。すべてちゃんと間に合うわ」

エメリヤンは床《とこ》に就《つ》いた。朝、お嫁さんに起こされる。

「さあ、お城《しろ》に行く時間ですよ。お堀《ほり》は、出来上がっていいます。ただ、御殿《ごてん》の船着き場の土が、まだデコボコしているから、シャベルを持っていきなさい。土をならして、平らにするのよ」

エメリヤンは家を出る。お城に着くと、お堀がすっかり出来ている。船がいくつも浮《う》かんでいる。御殿の前にだけ、余分《よぶん》な土が残っている。エメリヤンは、それをシャベルで取り除《のぞ》く。

目を覚ました王様が、外を見ると、何もなかった場所に、お堀が出来ているではないか。水が流れ、船が浮かんでいる。エメリヤンがシャベルで土をならしている。王様は、ゾッとした。立派《りっぱ》なお堀も、そこに浮かぶ美しい船も、少しもうれしくない。今度も、エメリヤンを処刑《しょけい》できない。王様は考えた。（あの男にできない仕事はない。どうしたらよいのだ？）

家来たちを呼《よ》んで、いっしょに策《さく》を練った。

「エメリヤンが、いかなる力を使っても、解《と》けない問題を作れ。あの男は、わしらが命じた仕事をすべて完璧《かんぺき》にやってしまった。美しい妻《つま》を奪《うば》えなかったではないか」

家来たちは、考え、考え、考え抜《ぬ》いて、ついに策《さく》を考え出して、王様に進言した。

「エメリヤンを呼《よ》んで、命令してください。『知らざる所へ行って、知らざる物を持ってこい』と。王様の命令ですから、あの男は、イヤとはいえません。これは、なぞなぞです。答えは王様しか知りません。ですから、あの男がどこへ行こうと、お前は間違《まちが》ったところへ行った、といえばよいのです。あの男が何を持ってきても、お前は間違ったものを持ってきた、といえばよいのです。あの男を死刑《しけい》にして、妻《つま》を奪《うば》えばよいのです」

王様は大喜び。「よくぞ考え出した」

エメリヤンを呼びつけ、命令する。

「知らざる所へ行き、知らざる物を持ってまいれ。持ってこなければ、首を切る」

エメリヤンは、家に帰った。王様の命令を聞いたお嫁《よめ》さんは考えこんだ。

「賢《かしこ》い家来が王様の頭に吹《ふ》きこんだのね。すこし手ごわい問題ね」

お嫁さんは、腰《こし》を据《す》えて、じっくり考え、やがて、夫に切り出した。

「ちょっと遠くへ行ってもらうことになるわ。わたしたちのおばあさんに当たる人がいるの。大事な息子を兵隊にとられて泣いている哀《あわ》れな母親よ。そのおばあさんに助けてもらうしかないわ。おばあさんからもらった物を、急いでお城《しろ》へ持ってきて。わたしも、その時きっと、お城にいるわ。まもなくこの家に兵隊たちがやってきて、力ずくで、わたしをお城へ連れていくでしょう。逃《に》げられないわ。でも、しばらくの我慢《がまん》。あなたは、おばあさんのいう通りに、すべてやってくださいね。きっと、わたしを救い出せるわ」

お嫁さんは、夫の旅支度《たびじたく》を手伝い、最後に袋《ふくろ》に入った小さな木製《もくせい》の道具をわたした。それは、はずみ車という糸を紡《つむ》ぐ道具だった。

「これをおばあさんにわたしてね。これを見れば、あなたがわたしのお婿《むこ》さんだと、わかるのよ」

道を教わったエメリヤンは、出発した。

町から出ると、王様の軍隊が訓練をしている場所があった。エメリヤンは、兵隊たちの訓練の様子を、しばらく見守った。やがて、兵隊たちは訓練を終え、休憩《きゅうけい》のため、その場に座《すわ》りこんだ。エメリヤンは兵隊たちに近づき、質問《しつもん》した。

「誰《だれ》か知りませんか？『知らざる所へ行き、知らざる物を持ち帰れ』といわれたら、どこへ行って、何を持ってくればよいのでしょう？」

兵隊たちは驚《おどろ》いた。

「誰に、そんなことをいわれた？」

「王様です」

「やっぱり、そうかい。おれたちも、王様の軍隊に入ったその日から、まさに、知らざる所へ歩かされ、いまだに、その場所へたどり着けず。知らざる物を探《さが》させられて、いまだに、それを見つけられないでいる。だから、気の毒だけど、おまえの役には立てないね」

エメリヤンは、兵隊たちとわかれ、先へ進む。どんどん歩く。やがて、森に着く。森の中に小さな小屋。小屋の中には、おばあさん。大事な息子を兵隊にとられて泣く老いた母親。麻《あさ》の糸を紡《つむ》いでいる。道具がないので、手だけで紡ぐ。指先を湿《しめ》らすために、唾《つば》をつける必要はない。目から流れる涙《なみだ》を拭《ふ》いて、その手で糸を紡いでいる。

エメリヤンの姿《すがた》を見つけると、おばあさんは大声で叫《さけ》んだ。

「誰だい、帰れ！」

エメリヤンは、お嫁《よめ》さんから預《あず》かったといって、はずみ車を差し出した。受け取ったとたんに、おばあさんは、愛想がよくなり、訪問者《ほうもんしゃ》にあれこれ質問し始めた。

エメリヤンは、一部始終を語り聞かせた。美しい娘《むすめ》さんと結婚《けっこん》したこと。町へ移《うつ》り住んだこと。王様の命令で、お城《しろ》の雑用係《ざつようがかり》になり、働かされていること。教会を建て、堀《ほり》をつくり、船を浮《う》かべたこと。そして、今新たに与《あた》えられたのが「知らざる所へ行き、知らざる物を見つけてこい」という問題。

聞き終えたおばあさんは泣くのをやめた。口の中で、何かブツブツとつぶやく。

やがて、エメリヤンに聞こえるようにいう。

「どうやら、待ったかいがあったね。婿《むこ》さんや、とにかくひと口食べなさい」

エメリヤンは出された料理を口にする。

そこで、おばあさんは、説明を始めた。

「ほら、これをお持ちなさい。紡《つむ》いだ糸を巻《ま》いた糸玉だよ。前へ投げてみな、コロコロ転がるよ。お前さんは、転がる糸玉の後をついていきなさい。はるか遠く、地の果てまで、海に着くまで行きなさい。海辺に大きな町がある。町の一番はずれの家で、ひと夜の宿を頼《たの》みなさい。そこで、それが見つかるはずじゃ」

「それがそれだって、どうしたらわかるのですか？」

「その家に、父親のいうことも、母親のいうことも聞かない息子がいる。ところが、そんな息子にいうことを聞かせてしまう物がある。それをしっかりつかんで、王様のお城《しろ》へ持っていきなさい。王様は、それを見ると、違《ちが》う、わしの欲《ほ》しい物はこれではない、というはずじゃ。そしたら、答えなさい。『違いましたか、しかたがない。こんな物、壊《こわ》してしまいましょう』と。そして、それを叩《たた》きなさい。よいか、その物を叩くのじゃ。外へ出て、お堀端《ほりばた》で、それをバラバラに壊して、水の中に捨《す》ててしまいなさい。それで、問題は解決《かいけつ》。お嫁《よめ》さんは戻《もど》ってくるよ。わたしの涙《なみだ》も、ぴたっと止まるよ」

おばあさんとお別れをして、エメリヤンは歩き出す。糸玉はコロコロ、コロコロ転がって、エメリヤンを海まで導《みちび》く。

海辺には大きな町。町はずれの高い家。エメリヤンは、ひと夜の宿をお願いする。こころよく部屋に通され、床《とこ》に就《つ》く。翌朝《よくあさ》早く目が覚める。

聞こえてきたのは、その家の父親の声。息子に、起きてまきを割《わ》れ、と命じている。息子は、まったく応《おう》じない。「まだ早いよ、もう少し寝《ね》かせておいてよ」

次に聞こえる母親の声。「お父さんのいうことを聞きなさい。足腰《あしこし》の痛《いた》むお父さんにやらせるつもりかい？　起きなさい」

息子はかすかにうなっただけで、また眠《ねむ》りこむ。眠りこんだ、その時に、突然《とつぜん》、外の通りから、ドーンッと腹《はら》に響《ひび》く音が聞こえてくる。

息子は、パッと起き上がり、服を着替《きが》えて、外に飛び出す。エメリヤンも、慌《あわ》てて起きて、息子に続く。とどろく音を出す物を見るために。父親のいうことも、母親のいうことも聞かない、ぐうたら息子を、轟音《ごうおん》一発で飛び上がらせる強い力を持つ物を見るために。

外に飛び出たエメリヤンが見たのは、通りを歩くひとりの男。腹《はら》のあたりに丸い大きな物をそなえつけ、両手に持った二本の棒《ぼう》で叩《たた》いている。ドーンッ、ドーンッと鳴る音に、息子は素直《すなお》に従《したが》っている。

エメリヤンは近づいて、目を凝《こ》らす。桶《おけ》のような丸い筒《つつ》、両側から革《かわ》がピーンッと張《は》られている。これは何か、と、叩いている男にたずねると、「太鼓《たいこ》だよ」との答え。

「中はどうなっている？」

「カラッポだよ」

これこそ探《さが》していたものに違《ちが》いない。エメリヤンは、譲《ゆず》ってくれ、と男に頼《たの》む。しかし、断《ことわ》られる。頼むのをやめ、太鼓叩《たいこたた》きの後をつける。

一日中街を歩いて疲《つか》れた太鼓叩きが寝《ね》た隙《すき》に、エメリヤンは、太鼓を抱《かか》え、町から逃《に》げ出し、走る、走る。お嫁《よめ》さんの待つ家へ。ところが、家には誰《だれ》もいない。エメリヤンが旅立った翌日《よくじつ》に、お嫁さんは王様のお城《しろ》へ連れ去られていた。

エメリヤンはお城に行き、門番に取次を頼む。「知らざる所へ行き、知らざる物を持ってきた」と。

報告《ほうこく》を聞いた王様からは、明日来い、との返事。エメリヤンは再度《さいど》取次を頼む。

「王様のお望みの物を持ってまいったのです。どうか、こちらまで出てきていただきたい。さもなくば、こちらから、王様のもとに伺《うかが》います」

王様が現《あらわ》れた。

「お前は、どこへ行ってきた?」

エメリヤンが答えると、王様は、すぐに否定《ひてい》。

「違う。お前は間違《まちが》えた。そして、何を持ってきた?」

エメリヤンは、持ってきた物を見せようとした。王様は、見ようともせず、首を振《ふ》った。

「違《ちが》う。お前は間違《まちが》えた」

「違いますか。では、こんな物、壊《こわ》してしまいましょう」

エメリヤンは、お城《しろ》の外に出て、太鼓《たいこ》をドーンッと打ち鳴らした。すると、何が起こったか。エメリヤンの面前に、王様の軍隊の兵隊全員が整列した。兵隊たちは、エメリヤンに敬礼《けいれい》し、エメリヤンからの命令を待つ態勢《たいせい》をとる。お城の窓《まど》からそれを見た王様は、そんな男に従《したが》ってはならぬ、と大声で叫《さけ》ぶ。王様の命令は無視《むし》される。兵隊たちは、エメリヤンに従って、行進を始める。それを見た王様は、エメリヤンにお嫁《よめ》さんを返してやれ、と家来に命じ、太鼓をくれ、とエメリヤンに頼《たの》む。

「ダメです、王様。わたしは太鼓を壊します。謎《なぞ》の力の正体は、王様にお見せできません」

エメリヤンは、太鼓をお堀端《ほりばた》へ運んでいく。兵隊たちは、それに付き従う。お堀端で、エメリヤンは、太鼓を打ち割《わ》り、粉々《こなごな》にして、破片《はへん》をすべてお堀に投げ込《こ》んだ。すると、兵隊たちは、解散《かいさん》し、それぞれ故郷《こきょう》へ帰っていった。

エメリヤンは、お嫁さんを連れて、家に帰った。

その後、王様は、エメリヤンに一切手出しをしなくなった。

エメリヤンの小さな家では、福は福の方からやってきて、鬼《おに》は鬼の方から逃《に》げていく……。

ふたりは、幸せに暮《く》らしました、とさ。

三人の息子

Три сына

父が息子に富《とみ》を与《あた》える話です。富という言葉を知らないなら、村の畑とかパンとか麦とか家畜《かちく》とか、そのようなものだと、さしあたり思っておいてかまわない。

父は富を与えるにあたって、息子にこういった。

「わたしのように暮《く》らしなさい。そうすれば、幸せに暮らせるであろう」

息子は、父が与えてくれるものを全部受け取り、独立《どくりつ》して暮らし始めた。息子は、遊んでばかりいた。

「おやじは、自分と同じように暮らせばよいといった。おやじは、いつも楽しそうに暮らしている。だから、おれもそうしよう」

息子は、遊び続けた。一年、二年、十年、二十年、そして、父からもらった富をほとんど使い果たしてしまった。息子は、父に、もっとください、と頼《たの》んだが、父は聞いてくれない。そこで、息子は、父に媚《こ》びるため、とっておきの贈《おく》り物をして、頼んだ。それでも、父はこたえない。どうやら父の機嫌《きげん》を損《そこ》ねてしまったと思った息子は、父に許《ゆる》しを乞《こ》うた。そして、もっとくださいと、もう一度お願いした。しかし、父は何もいわない。

とうとう、息子は、父の悪口をいい始めた。

「今になって、何も与えてくれないのなら、なぜ、あの時、これで幸せになれ、なんていって、富を分けてくれたんだ。たしかに、最初のうちは楽しかったけれど、あの喜びなんか、今この時の苦しみで帳消しだ。このまま、苦しみながら死ぬのか。救いはないのか。誰《だれ》が悪い？　おやじ、あんただ。あれだけじゃ足りないとわかっていて、富を足してくれない。自分のように暮らせば、幸せになれるといったじゃないか。だから、あんたの真似《まね》をしたんだ。楽しく、好きなように暮らしているあんたの真似をしたんだ。富をケチりやがったな。あんたはまだ持っているじゃないか。おれはスッカラカンだ。あんたなんか親じゃない。あんたは、悪人だ、詐欺《さぎ》師《し》だ。ろくでもない一生だったよ。あんたもろくでなしだ。残酷《ざんこく》な極悪人だ。あんたなんて知るもんか、あんたなんて嫌《きら》いだ」といって、この一番めの息子は、行方不明になってしまった。

父は、二番めの息子にも富《とみ》を与《あた》え、「わたしのように暮《く》らしなさい。そうすれば、幸せに暮らせるであろう」とだけいった。二番めの息子は、喜んで富を受け取ったが、最初の息子ほど、手放しで大喜びはしなかった。父が子に富を与えるのは、当然のことと考えた。彼《かれ》は、兄の身に起こったことを知っていた。兄のように富をすべて使い果たしてしまわないためには、どうすればよいか、考えた。兄が「わたしのように暮らしなさい」という言葉を間違《まちが》えて理解《りかい》したこと、遊んでばかりではいけないこと、それはわかっていた。

そこで、「わたしのように暮らしなさい」の意味を彼なりに考え、その意味が、父のように息子に与えられる富を作り出すことだ、と解釈《かいしゃく》した。そして、父からもらった物と同じ富をあらたに作ろうと、決めた。しかし、父の手を借りずに、ひとりで富を作りだす方法がわからない。そこで、父にその方法をたずねたが、父はまったく教えてくれない。父は秘訣《ひけつ》を教えたくないのだ、と思った彼は、父からもらった物を分解《ぶんかい》して、ひとつひとつ調べ、それによって全体を理解しようとしたが、かえって、傷《きず》つけたり、壊《こわ》したり。全体をダメにしてしまった。自分で作った新しい物は、ひとつも役に立たなかった。

しかし、彼は、自分がすべてをダメにしてしまったことを認《みと》めたくない。悩《なや》み、苦しみ続けた。周りの人々《ひとびと》には、父からは何ももらっていない、すべて自分で作った、と、いい張《は》った。

「われわれは、すべて自分でできる。すべてをよりよきものに変えていける。やがて、幸せの極致《きょくち》に到達《とうたつ》できるのだ」

二番めの息子は、父からもらった富がわずかながらも残っているうちは、こういい続け、やがて、最後の富も無駄《むだ》にしてしまい、生きる糧《かて》が尽《つ》きると、自分で自分の首を絞《し》め、自殺してしまった。

父は、三番めの息子にも同じ富《とみ》を与《あた》え、「わたしのように暮《く》らしなさい。そうすれば、幸せに暮らせるであろう」といった。三番めの息子は、一番めの息子、二番めの息子と同じように喜んで富を授《さず》かり、父のもとを去った。しかし、彼《かれ》は、兄たちの身に起こったことを知っていたので、父の言葉の意味を真剣《しんけん》に考えた。

一番上の兄は、父のように暮らすとは、遊んで暮らすことだと思い、富を浪費《ろうひ》し、消えてしまった。二番めの兄は、父のように暮らすとは、父が作った物すべてを自分自身で作ることだと思ったが、やはり、身を滅《ほろ》ぼしてしまった。

では、父のように暮らすとは、いったい、いかなることだろう？

彼は、父について知っていることのすべてを思い起こしてみた。いくら考えても、父について知っているのは、ひとつだけ。以前は何もなかった、彼自身も存在《そんざい》しなかった、ということ。父が彼を生み、育て、教え、すなわち、あらゆる「善《よ》き事」をなし、そのうえで、「わたしのように暮らしなさい。そうすれば、幸せに暮らせるであろう」といったこと。父は、兄弟たちにも同じことをした。いくら考えても、父について、それ以上のことは思い出せなかった。父についてわかったことは、ただひとつ、自分にも、兄弟たちにも、「善き事」をした。そのことだけだった。

ここまで考えて、彼は、「わたしのように暮らしなさい」の意味を理解《りかい》した。父のように暮らす、とは、父と同じことをする、すなわち、人々に「善き事」をする、ということなのだ。

彼がこの理解に達した時、父はすでに彼のすぐ横にいた。そして、父はいった。「わたしとおまえは再《ふた》びともにある。おまえは幸せに暮らせるであろう。自分の兄弟たちのもと、わたしのすべてのこどもたちのもとへ行って、わたしのように暮らすことの意味を伝えなさい。そして、わたしのように暮らす人々は、いつまでも幸せである。それは、真実だ、と伝えなさい」

こうして、三番めの息子は、自分の兄弟たちのもとへ行き、すべてを伝えた。その時から、すべてのこどもたちは、父から富を授かる時、富の多さに喜ぶのではなく、父のように暮らせること、それによって、いつまでも幸せに暮らせることを喜ぶようになった。

さて、この「たとえばなし」の意味がわかったかな？

そう。父とは「神」、息子とは「人間」富《とみ》とは「いのち」。

神に頼《たよ》らず、自分ひとりで生きていけると考える人間がいる。そういう人間のうち、ある者は、いのちはそれを楽しむために与《あた》えられたと考える。彼《かれ》らは、遊び暮《く》らし、いのちを粗末《そまつ》にする。そして、死が迫《せま》ると、いのちの意味を見失う。いかなる快楽《かいらく》も、最後には苦痛《くつう》と死で終わるのなら、いのちなど、何のために与えられたのか、わからなくなり、死に際《ぎわ》に、神を呪《のろ》い、神を悪と呼《よ》び、神から離《はな》れる。それが一番めの息子だ。

神から授《さず》かったいのちの意味について、別の考えを持つ者もいる。彼らは、いのちがいかに作られているのか知ろうとし、神が与えるいのちを、よりよいものにしようとする。彼らは、別のいのち、よりよいいのちを自分で作り出そうと悪戦苦闘《あくせんくとう》する。しかし、よりよくしようとして、逆《ぎゃく》に破壊《はかい》してしまい、そのことによって、自分で自分のいのちを奪《うば》ってしまう。それが二番めの息子だ。

そして、最後に、三番めの息子のような人間がいる。彼らはいう。

「われわれが神について知っていること。それは、神が人間に幸福を与えていることと、神と同じことをせよ、と命じていることだけである。したがって、われわれは、神と同じことをする、すなわち、人間に幸福を与える」

人間がそれを理解《りかい》し、それを始めるやいなや、神は人間の傍《かたわ》らに来て、告げる。

「それこそが、わたしの望むところである。わたしが行っていることを、わたしとともに行いなさい。わたしが生きているように、あなたがたも生きなさい」

白海の奇跡《きせき》

—北方の三仙人《せんにん》伝説—

Три старца

また、いのる場合、異教徒《いきょうと》のように、不要な言葉をならべるな。
彼《かれ》らは言葉の数が多ければ、聞きいれられると思っている。
だから、彼らのまねをするな。あなたがたの父なる神は、
あなたがたが声に出す前から、あなたがたに必要なものをご存《ぞん》じなのである。

(『新約聖書』マタイによる福音書　第6章7節・8節)

キリスト教の司祭がひとり、アルハンゲリスクの港から、白海《はっかい》のソロヴェツキー諸島《しょとう》へ向かう船に乗っていた。

同じ船に、諸島の聖地《せいち》を巡礼《じゅんれい》する信者たちも乗っている。風は追い風、天気は晴朗《せいろう》、波は穏《おだ》やか。乗客たちは、横になったり、ものを食べたり、塊《かたまり》になって座《すわ》ったり。思い思いの姿勢《しせい》で、おしゃべりをしていた。

司祭も甲板《かんばん》に出て、船尾《せんび》へ向かったり、船首へ向かったり。足をほぐしていた。船首に乗客の塊があった。ひとりの男が前方の海を指さして、何かいっている。まわりの人々がそれを聞いている。司祭は、足を止め、男が指す方を見たが、何も見えない。ただ、海が陽に輝《かがや》いているだけだった。

司祭は、男に近づき、声に耳を傾《かたむ》けた。男は、司祭を見ると、恐《おそ》れ入って、帽子《ぼうし》をとり、口を閉《と》ざした。まわりの人々も、司祭に気づき、帽子をとり、頭を垂《た》れて敬意《けいい》を表した。

「かしこまらないでください、信者の皆《みな》さん」と、司祭はいった。「わたしにも話を聞かせてください。元気なお方、何を語っていたのですか？」

「こいつは、無学な漁師《りょうし》で、今、仙人《せんにん》を見たなんて話していたところですよ」と、商人らしき男が、代表で答えた。

「仙人とは、異《い》なことを。まことかな？」といって、司祭は船べりに置かれた箱に腰《こし》を下ろした。「わたしにも最初から話してください。ところで、どこを指さしていたのですか？」

「神父様、この先に島が見えるでしょう」漁師と呼《よ》ばれた男は、右手前方を指さした。「あの島に仙人がいて、毎日天に祈《いの》っているんです」

「島など見えないが」と、司祭がたずねる。

「この指の先をよく見てください。雲が浮《う》かんでいるでしょう。その左下あたりに、帯のように見えていますぜ」

どんなに目を凝《こ》らしても、司祭には何も見えない。海水が陽に輝《かがや》いていて、慣《な》れない目には、まぶしすぎる。

「見えないが、まず聞かせてください。島にどんな仙人が住んでいるというのですか？」

「生き神さまに違《ちが》いない」と、迷信家《めいしんか》の田舎《いなか》の漁師は、話を続けた。「仙人さまがいるって、昔から話には聞いていたんですが、おととしの夏、本当に見てしまったんですよ」

漁師は、初めから話した。

彼《かれ》は、ある日、漁に出た。海が荒《あ》れ、小さな漁船は、彼の知らない島に漂着《ひょうちゃく》した。朝になり、彼は、島内を歩いてみた。すると、掘《ほ》っ建て小屋に出くわす。小屋の横に老人がひとり立っている。すぐに、あとふたり、老人が小屋から出てくる。三人は、彼に食事を与《あた》え、服を乾《かわ》かしてくれた。そして、彼の小舟《こぶね》の修理《しゅうり》を手伝ってくれた。

「三人の風体は？」と、司祭がたずねる。

「ひとりは、小さくて、腰の曲がった爺様《じいさま》。古いころもをまとっていました。たぶん、一番年上かな、百歳《さい》は超《こ》えている。ひげが白髪《しらが》どころか、苔《こけ》のような緑色に見えましたね。常《つね》に笑顔で、まるで天使のように清らかな爺様《じいさま》だった。ふたりめは、背《せ》が少し高いけど、やはり年寄《としよ》りの爺様。裾《すそ》を引きずるほど長いボロボロのガウンを羽《は》織《お》っていて、もじゃもじゃの白ひげが黄色くなっていました。えらい力持ちで、オレの小舟《こぶね》をタライのように軽々《かるがる》と裏返《うらがえ》しにしてしまったんです。それも、ひとりで。オレは、見ているだけでした。このふたりめも陽気な爺様です。三人めは、一番背が高くて、真っ白な仙人《せんにん》ひげが膝《ひざ》に届《とど》きそう。この爺様だけは、陰気《いんき》で、長い眉毛《まゆげ》が目にかかっていました。ほとんど裸《はだか》で、ゴザみたいな布切《ぬのき》れを、腰《こし》に巻《ま》いていましたね」

「その爺様たちと、何か話したかね？」と、司祭がたずねる。

「ほとんど何もいわずに、世話してくれました。爺様同士も話し合う様子はなかったです。ちょっとした目くばせだけで、心が通じ合う、そんな感じでしたね。オレは、一番背の高い爺様に聞いたんですよ、この島にいつから住んでいるのかって。そしたら、初めて何かいおうとしましたね、顔をしかめて。どうやら、オレの質問《しつもん》がまずかったみたいで、怒《おこ》っていましたよ。すると、年上の爺様が、腹《はら》を立てた爺様の手をとって、笑いかけたんです。怒《いか》りが収《おさ》まったようでした。年上の爺様は、オレに笑顔を向けて、ひと言『ありがたや』っていいました」

漁師《りょうし》が目撃談《もくげきだん》をしているうちに、船は島影《しまかげ》に接近《せっきん》した。

「神父様、見えてきました」と、さきほどの商人が前方を指さした。「ご覧《らん》ください」

司祭は、目を凝《こ》らした。たしかに、黒い帯が見える。小島のようだ。

島に間違《まちが》いないと確認《かくにん》すると、司祭は船首から船尾《せんび》まで足を運び、操舵手《そうだしゅ》に声をかけた。

「あれは何という島かな？」

「名前なんかありませんよ。この辺りには、同じような小島がたくさんあるんです」

「仙人がいるというのは、まことか？」

「そんな言い伝えもありますが、神父様、本当かどうか。漁師たちは、見たなんていっていますが、作り話かもしれませんぜ」

司祭はいった。

「わたしは、その島に行ってみたい。仙人《せんにん》とやらに会ってみたい。何とかできませんか？」

「この船は大きすぎて直接《ちょくせつ》には着けられない。ボートを降《お》ろせば、何とかなるかも。カシラに聞いてみないと」

操舵長《そうだちょう》が呼《よ》ばれた。司祭が頼《たの》む。「仙人と呼ばれている老人たちに会ってみたいのだが、わたしを島に上陸させてもらえないだろうか？」

操舵長は、思いとどまらせようとする。

「神父様、やれといわれれば、やりますが、時間の無駄遣《むだづか》いだと思いますぜ。爺様《じいさま》たちに会ったって、どうしようもないですよ。みんないっていますぜ、ただの変わりものの老人たちがいるだけだって。まわりのことがわからなくなってしまっていて、何かを話すこともできない、まるで、海の魚みたいな連中のようですぜ」

「それでも、会ってみたい」司祭はあきらめない。「お金を払《はら》います。ボートを出してください」

司祭の希望にはさからえない。船員たちに号令がかかり、船の帆《ほ》がたたまれた。操舵手《そうだしゅ》が舵《かじ》を切り、船は小島の方向に向きを変えた。船首に司祭のための椅子《いす》が用意された。司祭は椅子に腰《こし》かけ、前方を見る。船客たちも船首に集まり、首をそろえて、小島を眺《なが》める。

目の利く者は、すでに島の岩壁《がんぺき》を見分け、掘《ほ》っ建て小屋を指さしている。三人の老人のうち、ひとりの姿《すがた》が見えている。操舵長が望遠鏡を取り出し、目にあてた後、司祭に渡《わた》す。

「ご覧《らん》ください、神父様。大きな岩の右側、岸辺に人影《ひとかげ》がみっつ見えます」

司祭は、望遠鏡を目にあて、いわれた方向に向ける。

すると、たしかに三人いるのが見える。ひとりは長身、ふたりめはやや背《せ》が低い。三人めはさらに低い。その三人が手をつないで岸に立っている。

漕《こ》ぎ手たちがボートを岸に着け、係留《けいりゅう》した。司祭は島に上陸した。

老人たちがお辞儀《じぎ》する。司祭は三人を祝福する。すると、三人は、さらに深く頭を垂《た》れる。そこで、司祭は、三人に話しかけた。

「聞くところによると、あなたがたは、仙人《せんにん》さまとか、生き神さまとか呼《よ》ばれ、人びとのため、イエスキリストに祈《いの》りをささげているそうですね。わたしは、神の思し召《め》しにより、この地域《ちいき》でイエスキリストのしもべとして、まだ未熟《みじゅく》ですが、その教えをひろめる役目をしている者です。ですから、同じ神のしもべであるあなたがたにお会いして、わたしでお役に立てるならば、教えを授《さず》けたいと思ったのです」

老人たちは、黙《だま》ったまま、笑みを浮《う》かべ、互《たが》いに顔を見合わせている。

「あなたがたの祈祷《きとう》の仕方と祈りの言葉を教えていただけませんか?」と、司祭が問う。

中背《ちゅうぜい》の老人がため息をつき、最年長と思われる小さい老人の方を見た。長身の老人も顔をしかめ、小さい老人を見た。すると、小さい老人は微笑《ほほえ》み、口を開いた。

「神のしもべ様、わしらは、神に仕えるなどという、そんな立派《りっぱ》なことはしておりません。自分で自分の面倒《めんどう》を見るだけ、日々《ひび》の糧《かて》を得るだけで、精一杯《せいいっぱい》でございます」

「しかし、神に祈りをささげているそうではないか?」と、司祭が聞き直した。

すると、小さい老人は答えた。

「わしらは、天に向かって、唱えます。『天の上でも、みっつでひとつ、島の上でも、みっつでひとつ。ありがたや、ありがたや、ありがたや』と」

小さい老人がその言葉を口にするやいなや、三老人は、そろって天を仰《あお》ぎ、声を合わせて唱えた。「天の上でも、みっつでひとつ、島の上でも、みっつでひとつ。ありがたや、ありがたや、ありがたや」

司祭は、苦笑いして、いった。

「どうやら、あなたがたは、三位一体という言葉を聞きかじったようですね。そんな祈り方では、いけません。でも、わたしは、あなたがたを愛しく思います。あなたがたは、俗世間《ぞくせけん》を離《はな》れ、神に仕えようとなさっておられる。しかし、仕え方をご存《ぞん》じない。祈りの言葉が間違《まちが》っています。よくお聞きなさい、わたしがお教えします。よろしいかな、わたしが師《し》となるのではありません。聖書《せいしょ》に書かれてあることをお伝えするのです。聖書の中で、神は人々《ひとびと》に、このように祈《いの》りなさいとお命じになられています」

司祭は三人に説く。神が人々の前に、どのように姿《すがた》を現《あらわ》したかを語り、さらに、「父なる神」「子なる神」「聖霊《せいれい》なる神」について、詳《くわ》しく語った。

「子なる神は、人々を救うために、地上に降《お》り、すべての人々に祈り方を教えてくださったのです。『主の祈り』です。わたしが唱えますから、まず、お聞きなさい。そして、繰《く》り返しなさい」

司祭は、「天にましますし」と唱える。三老人のうちのひとりが「天にまします」と繰り返す。ふたりめが「天にまします」と繰り返す。三人めが「天にまします」と繰り返す。

つづけて「われらの父よ」三老人が繰り返す。「われらの父よ」中背《ちゅうぜい》の老人がまごついて間違《まちが》える。背《せ》の高い裸《はだか》の老人もうまくいえない。口に被《かぶ》さっているひげが邪魔《じゃま》をする。小さい老人はムニャムニャいうだけ。歯がないのだ。

司祭がもう一度唱える。三老人がもう一度繰り返す。司祭が石に腰《こし》を下ろす。三老人が司祭を囲むように立ち、司祭の口の動きを見て、それをまねる。

こうして一日中、司祭は三人の老人にかかりっきり。十回、二十回、百回、同じ言葉を繰り返す。三老人は、それを繰り返す。間違えると、初めからやり直し。

司祭は、辛抱《しんぼう》強く、途中《とちゅう》で三人を見棄《みす》てず、「主の祈り」を最後の「アーメン」まで覚え込《こ》ませた。

三人は、司祭について唱えていたが、ついに、自分たちだけで唱え始めた。最初に最後まで暗唱できたのは、中背の老人。司祭は、もう一回、もう一回と、この老人に何度も繰り返させる。やがて、他のふたりも最後まで唱えられるようになった。

いつの間にか、陽は傾《かたむ》き、海の向こうから月が昇《のぼ》った。司祭は、船に戻《もど》るため、腰を上げた。

別れを告げると、三人の老人は、司祭の足下にひれ伏《ふ》した。司祭は、ひとりひとり抱《だ》き起こし、頬《ほほ》に口づけし、教えたとおりに祈《いの》りなさい、と念を押《お》して、ボートに乗り、船へ向かった。

司祭を乗せたボートが船に着くまで、老人たちが三者三様の声で、「主の祈り」を高く唱えているのが聞こえた。接舷《せつげん》するころには、声は聞こえなくなったが、月の明かりの下、小島の岸の同じ場所に三人が立ち続けている姿《すがた》が見えた。一番小さい影《かげ》を真ん中にして、右に長身の影、左に中背《ちゅうぜい》の影。

船の甲板《かんぱん》に司祭が乗り移《うつ》ると、船員は錨《いかり》を巻《ま》き上げ、帆《ほ》を広げる。帆が風をはらみ、船が動き出す。

司祭は船尾《せんび》に置かれた椅子《いす》に座《すわ》り、小島を見続ける。老人たちの姿は、しばらく見えていたが、やがて、視界《しかい》から消え、島影《しまかげ》だけ残る。やがて、島影も消え、海面だけが月明かりにきらめく。

聖地巡礼《せいちじゅんれい》の乗客たちが寝静《ねしず》まり、船上は静寂《せいじゃく》に包まれた。しかし、司祭に眠気《ねむけ》は訪《おとず》れない。目がさえる。ひとり船尾に残り、島影が消えた海を眺《なが》め続け、三人の愛すべき老人たちのことを思う。祈りの文言を覚えて喜ぶ老人たちの姿が目に浮《う》かぶ。司祭は、隠遁《いんとん》生活をする老人たちに神の言葉を授《さず》ける機会を与《あた》えてくださった神に感謝《かんしゃ》する。

司祭は、そのままぼんやりと海の彼方《かなた》、島影が消えた方向を見ていた。不意に視《し》野《や》の中で何かがちらついた。波間で何かが光る、月から海へ落ちる光の柱の中で、何かが白く輝《かがや》いている。小鳥だろうか、カモメだろうか、船の白帆《しらほ》だろうか。

司祭は、目を凝《こ》らす。（帆を張《は》った船が追いかけてくるのだろう。あの速さなら、まもなく並《なら》ぶ。あれほど遠くにかすかに現《あらわ》れた点が、いまや、はっきり見えている。しかし、船ではなさそうだ。帆には見えない。何かが走っているように見える。この船に追いつこうとしている）

司祭は迷《まよ》ってしまう。船でもない、鳥でもない、魚でもない。大きさからすると、人くらいだ。しかし、海の真ん中に、人のいるはずがない。司祭は立ち上がり、操《そう》舵手《だしゅ》に歩み寄《よ》った。

「ご覧《らん》なさい、あれ、あれは何でしょう？　ほら、あれですよ。何に見えますか？」

返事を待つまでもなく、司祭には、もうその答えが見えていた。

あの三人の老人が海の上を走っている。三人のひげが白く輝《かがや》いている。どんどん近づいてくる。まるで、船が止まっているように感じる速さで。

操舵手《そうだしゅ》は、恐怖《きょうふ》のあまり、舵《かじ》から手を放し、振《ふ》り向いて、悲鳴を上げた。

「ワーッ！　爺様《じいさま》が追いかけてきた！　水の上を走ってきた！」

その声を聞いて、乗客たちが目を覚まし、いっせいに船尾《せんび》に駆《か》け寄《よ》ってきた。全員が目撃《もくげき》した。三老人が手をつないで走っている。両端《りょうたん》の老人が余《あま》った手を振り回し、船に止まれと合図している。三人とも陸上を走るように、海上を走っている。しかし、足は動いていない。

船を止めるまでもない。三人は、船の横に並《なら》び、船べりに近づき、正面を向いて、声を合わせて、いった。「神父様、神のしもべ様、あなた様のお祈《いの》りの言葉を忘《わす》れてしまいました！　唱え続けている間は、ちゃんと覚えていたのに、一時休んだら、言葉がひとつ出てこなくなり、しまいに全部忘れてしまいました。何も思い出せません。もう一度、教えてください」

司祭は、胸《むね》の前で十字を切り、三人の老人に対し深々《ふかぶか》と頭を下げた。

「あなたがたが以前より唱えていた『お祈り』は、神に届《とど》いていたのです。あなたがたは、まさに、生き神様です。わたしこそ教えを請《こ》わねばなりません。どうか、わたしたち、罪深《つみぶか》き者たちのため、祈って下さい！」

そして、司祭は、三人の足下にひれ伏《ふ》した。

三老人は、しばらくその場にたたずんでいたが、やがて、振り向き、海の上を歩いて、帰っていった。

三老人が去った方角から、夜が明けるまで、光が見えていた。

人は何によって生きるか

Чем люди живы

わたしたちは、兄弟を愛しているので、死からいのちへ移《うつ》ってきたことを、知っている。愛さない者は、死のうちにとどまっている。

（『新約聖書』ヨハネの第一の手紙　第3章14節）

世の富《とみ》を持っていながら、兄弟が困《こま》っているのを見て、あわれみの心を閉《と》じる者には、どうして神の愛が、彼《かれ》のうちにあろうか。

（同17節）

子たちよ。わたしたちは言葉や口先だけで愛するのではなく、行いと真実とをもって愛し合おうではないか。

（同18節）

愛は、神から出たものなのである。すべて愛する者は、神から生まれた者であって、神を知っている。

（同　第4章7節）

愛さない者は、神を知らない。神は愛である。

（同8節）

神を見た者は、まだひとりもいない。もしわたしたちが互《たが》いに愛し合うなら、神はわたしたちのうちにおり、神の愛がわたしたちのうちに全うされるのである。

（同12節）

神は愛である。愛のうちにいる者は、神におり、神も彼にいる。

（同16節）

「神を愛している」といいながら兄弟を憎《にく》む者は、偽《いつわ》り者である。現《げん》に見ている兄弟を愛さない者は、目に見えない神を愛することはできない。

（同20節）

I

靴職人《くつしょくにん》のセミョーンは、村はずれの農家の空き家を借りて家族と暮《く》らしていた。自分の家も畑も持たず、靴作りの仕事だけで、妻《つま》とこどもたちを養っていた。食費は高く、手間賃《てまちん》は安い。お金は、稼《かせ》ぐそばからパン代に消えていく。寒さをしのぐ毛皮のコートは、妻と共用だが、使い古してボロボロ。一年前から、新しいコートのための羊の毛皮を買いたいと思っていた。

夏の終わりに、ようやくお金の目処《めど》がついた。妻の道具箱に三ルーブル札が一枚《まい》、村の農夫ふたりへの靴代の貸《か》しがあわせて五ルーブルと二十コペイカ。

ある朝、セミョーンは村の商店へ毛皮を買いにいくことにした。外は寒い。肌着《はだぎ》の上に南京木綿《もめん》の綿入《わたい》れを着た。これは妻から借りた女物。その上に、ラシャの長上衣、カフタンを羽織《はお》る。朝食をすますと、三ルーブル札をポケットに入れ、木の枝《えだ》を折って杖《つえ》にして、家を出た。（五ルーブルの貸しを払《はら》ってもらい、手持ちの三ルーブルと合わせれば、コートにする羊の毛皮が買える）そう考えていた。

集落に着くと、まず一軒《けん》めの農家に寄《よ》った。だが、主人は留守《るす》。女房《にょうぼう》が、一週間のうちに夫に持っていかせるから、という。お金は払《はら》ってもらえなかった。二軒めには、靴《くつ》を買った本人がいたが、神に誓《ちか》って金はない、といわれてしまう。それでも、ブーツの修理代《しゅうりだい》の二十コペイカだけは払ってもらえた。しかたがないので、毛皮をつけで買えないか、商店で掛《か》け合ってみたが、相手にされない。毛皮商はいう。

「現金《げんきん》なら、品物はお好みしだい。つけはダメ、前にひどいめにあっているからね」

結局、セミョーンは一日かけて何の成果も上げられなかった。村の中央まで出かけてきて得たのは、修理代の二十コペイカだけ。それと防寒《ぼうかん》ブーツ一足。靴職人《しょくにん》のセミョーンを見かけた村人が、古いブーツに革《かわ》を縫《ぬ》い付けて補強《ほきょう》してほしい、と注文した。セミョーンはその注文を受け、ブーツを預《あず》かった。安い仕事だ。

がっかりしたセミョーンは、元気づけに二十コペイカ全部を使ってウォッカをひっかけ、毛皮コート無しで帰路についた。朝から冷え込《こ》みを感じていたが、一杯《いっぱい》やると毛皮コート無しでも身が温かくなった。セミョーンは、片手《かたて》に持った杖《つえ》で道端《みちばた》の凍《こお》った土塊《どかい》をつつきながら、家へ続く街道を行く。もう片方《かたほう》の手で、預かったフエルトのブーツを振《ふ》り回しながら。セミョーンは自分で自分に話しかける。

「毛皮コートが何だって？　いらないね。寒くなんかないぞ。一杯やったら、全身ポカポカだ。毛皮の世話にはならないよ。今日はついてなかったけど、忘《わす》れてしまおう。セミョーン！　お前は男だ。クヨクヨするな！　毛皮が何だ。あんなもの、なくたって死にはしない。ただね、女房のマトリョーナがね、あんなに欲《ほ》しがっていたから、きっと怒《おこ》るぞ。『ただ働きか！　だまされたのか！』ってね。おれのせいじゃない。あいつが悪い。もし今度金を持ってこなかったら、かわりに帽子《ぼうし》をひっぺがすか。いや、それじゃすまさないぞ。だいたい何だ、二十コペイカでごまかしやがって。二十コペイカで何ができるっていうんだ？　一杯やったら、それでおしまい。奴《やつ》は金に困《こま》っているなんてぬかしやがった。知るか、そんなこと。こっちは困っていないとでも思っているのか？　そっちには家がある、家畜《かちく》がいる、なんでもあるじゃないか。こっちは裸一貫《はだかいっかん》だ。そっちには自前のパンがある。こっちは金を払《はら》って買わなきゃならないんだぞ。どこで買おうが、家族一週間分のパンが三ルーブル。今日帰って、パンが切れていたら、すぐに一ルーブル半が出ていっちまうんだ。おれの金を今すぐ返せ」

街道の曲がり角にさしかかり、セミョーンの前に礼拝堂《れいはいどう》の姿《すがた》が現《あらわ》れた。すると、礼拝堂の陰《かげ》に何か白いものが見える。日は暮《く》れかかっている。薄闇《うすやみ》の中、セミョーンは目を凝《こ》らしたが、何かわからない。

セミョーンは思った。(石かな？　でも、前にはなかったぞ。牛かもしれない。でも、ちょっと違《ちが》うぞ。背丈《せたけ》からすると、人のようにも見える。とにかく、白い。でも、なんで人がこんな所に？)

さらに近づくと、はっきり見えた。驚《おどろ》くことに、まさに人間だった。生きているのか、死んでいるのか、わからないが、裸《はだか》の人間が座《すわ》った形で礼拝堂にもたれかかり、ビクとも動かないでいる。セミョーンは怖《こわ》くなった。

（この場所で、人が何者かに殺され、身ぐるみ剥《は》がされ、捨《す》てられたのでは？　近づいちゃいかん、巻《ま》き込《こ》まれるぞ）

セミョーンは難《なん》を避《さ》けようと、礼拝堂の裏手《うらて》に回った。人の姿が見えなくなった。礼拝堂を通り過《す》ぎてから振《ふ》り返ると、人影《ひとかげ》が動いた。礼拝堂の石段《いしだん》から身をおこし、あたりを見回しているようだ。

セミョーンは、さらに強い恐怖《きょうふ》に襲《おそ》われた。（戻《もど》ってみようか、このまま行ってしまおうか？　戻ったら、どうなるかわからないぞ。何者なのか、正体不明。ここへ来た目的だってわからない。何か企《たくら》んでいるかもしれない。近寄《ちかよ》ったとたんに飛びかかってくるかも、押《お》さえつけられてしまうかも。そこまで危険《きけん》じゃないだろうが、かかわって、どうするんだ。あいつは裸だぞ。何か着せてやったら、こっちが裸になっちまう。やめておこう、神様におまかせしよう）

セミョーンは足を速めた。しかし、礼拝堂が見えなくなるあたりに来た時、急にセミョーンの良心がうずいた。

セミョーンは足を止め、声に出して自分に語りかけた。

「おい、セミョーン、お前は何をやっているんだ？　人が死にそうなんだぞ。なのに、お前は怖気《おじけ》づいて、見て見ぬふりをしようとしている。急に金持ちにでもなったのか。失って困《こま》るものでもあるのか？　セミョーン！　思い直せ！」

セミョーンは半回転し、人影《ひとかげ》に近づいていった。

II

近づくにつれ、人の姿《すがた》がはっきり見えてくる。若《わか》い男のようだ。生きている。体に傷《きず》はない。ただ、凍《こご》えて、怯《おび》えている。座《すわ》って、うなだれている。セミョーンを見ようとしない。衰弱《すいじゃく》し、顔を上げる力もないらしい。セミョーンは、さらに近づき、男の目の前に立った。すると、男は、ハッと目覚めたように、首をもたげ、目を開き、セミョーンを見た。その表情《ひょうじょう》を見たとたん、セミョーンはいっぺんにこの男が好きになった。手に持った杖《つえ》とブーツを投げ捨《す》て、自分の帯をほどいてブーツの上に置き、カフタンを脱《ぬ》いだ。

「ほらよ、話はあとだ。とにかく、これを着なさい！」

セミョーンは、男の脇《わき》を支《ささ》え、体を抱《だ》き起こした。立ち上がった男の全身を見る。細くてきれいな体。手も足も折れたり曲がったりしていない。優《やさ》しい顔。カフタンをその肩《かた》にかけてやる。袖《そで》に腕《うで》を通さないので、袖に手を入れて、男の腕を引っ張《ぱ》り、カフタンを肩に合わせる。そして、カフタンの前を重ね合わせて、帯でしっかり止めてやる。

セミョーンは、自分の破《やぶ》けた帽子《ぼうし》も脱いで、男のむき出しの頭にかぶせてやろうとした。しかし、帽子をとると、自分の頭が寒い。おれはほとんど禿《はげ》だが、こいつの髪《かみ》は長くて、ふさふさだ、と思い直し、かぶり直す。（それより、ブーツをはかせてやろう）男を座らせ、ブーツをはかせる。

セミョーンは、なんとか寒さをしのげるようにしてやってから、男に話しかけた。

「よし、どうかな。ちょっと動いてみろ。体を温めろ。ここで何があったか知らないが、放っておけばいいさ。歩けるか？」

男は動かない。優《やさ》しい目でセミョーンを見ている。何もしゃべらない。

「どうした？　言葉を忘《わす》れたか？　凍《こご》え死んでしまうぞ。建物の中へ入らないと。さあ、杖《つえ》を貸《か》すから、すがって歩け。出発だ！」

男は歩き出した。軽い足取りで、セミョーンに遅《おく》れを取らない。

街道に出たところで、セミョーンは、男に話しかける。

「どこか、行くあてはあるのか？」

「私《わたし》は、この村の者ではありません」

「わかっているよ、村の者はみんな知っている。しかし、いったい、どうして、礼《れい》拝堂《はいどう》の下に倒《たお》れていたんだ？」

「それはいえません」

「誰《だれ》かにやられたのか？」

「いいえ、誰のせいでもありません、神様の罰《ばつ》です」

「そうだな、何事も神様の御心《みこころ》次第さ。それはそうと、どこかに身を寄《よ》せないと。どこか連れていってほしい場所はあるかい?」

「どこでも、かまいません」

セミョーンは驚《おどろ》いた。悪人には見えない。話し方も丁寧《ていねい》。しかし、男は自分のことをまったく話さない。セミョーンは、思った。(それなりの事情《じじょう》があるのだろう)

そして、男にいった。

「しょうがない、おれの家へ行こう。とにかく、ここから離《はな》れよう」

セミョーンは歩く。男は遅れずについてくる。風が出て、薄着《うすぎ》になったセミョーンのシャツの中まで吹《ふ》き込《こ》む。冷たい風に酔《よ》いをさまされ、セミョーンは、寒気を覚えた。セミョーンは歩き続ける、鼻をすすりながら。女物の綿入《わたい》れの襟《えり》を掻《か》き合わせながら。そして、買いそびれた毛皮コートのことを考える。

(コートがあればなあ。毛皮を買いに出かけたのに、カフタンまで脱《ぬ》いで帰るはめになってしまった。しかも、裸《はだか》の流れ者をつれて。マトリョーナがどんな顔をするか……）

マトリョーナの顔が浮《う》かぶと、セミョーンはつらくなった。流れ者を見たら、どんな表情《ひょうじょう》をするだろう。セミョーンは、礼拝堂《れいはいどう》の下で男を見つけた時の自分の気持ちを思い出す。あの時は、恐怖《きょうふ》で心臓《しんぞう》が止まりそうだった。

Ⅲ

セミョーンの妻《つま》は、その日、家事を手際《てぎわ》よく片づけた。まきを割《わ》り、水を汲《く》み、こどもたちに夕飯を食べさせ、自分も軽くすませ、さて、そこで思案を始めた。パンをいつ焼こうか。今晩《こんばん》か、明日か？　まだひと塊《かたまり》残っている。

（セミョーンは村で何か食べてくるかもしれない。それなら、夕食は軽くてよいだろう。パンは、明日に回せる）

パンを手の中で回しながら、マトリョーナは、思案を続けた。

(今夜はやめておこう。どうせ、粉はあと一回分しか残っていない。金曜日までもたせよう)

マトリョーナはパンを箱にしまい、食卓《しょくたく》横の椅子《いす》に腰《こし》かけ、夫のシャツのツギあてを始めた。縫《ぬ》いながら、マトリョーナは、夫がコート用の毛皮をちゃんと買えたか考える。

(店の主人に騙《だま》されなきゃよいけれどね。あの人は、根っからのお人好しだから。人は騙せないのに、小さな子の嘘《うそ》でもすぐ信じちゃうんだから。八ルーブルは大金だよ。ちゃんとしたコートを作れるだけの毛皮が買えるよ。おしゃれなコートまでは無理でも、寒さをしのぐのには十分なコートができるよ。去年の冬は、ひどかったからね。川に水汲《みずく》みに行けないどころか、一歩も外へ出られなかったもの。今日だって、あの人、外へ出るのに家中ひっくり返して、ありったけ着込《きこ》んで行っちまったから、わたしは着るものがないじゃないか。そんなに早く出かけたわけじゃないけど、それでも、そろそろ帰ってきてもよさそうな時間だわね。うちのダンナさま、ひょっとして、どこかで一杯《いっぱい》やったりしてないでしょうね)

マトリョーナが時間を気にし始めた、ちょうどその時、入り口の階段《かいだん》がきしみ、誰《だれ》かが入ってくる音が聞こえた。マトリョーナは縫《ぬ》い針《ばり》を針山《はりやま》にさし、戸口へ出た。入ってきたのはふたりだった。セミョーンのほかにもうひとり男がいる。帽子《ぼうし》を被《かぶ》っていないが、防寒《ぼうかん》ブーツを履《は》いている。

マトリョーナは、夫が酒臭《さけくさ》いことにすぐに気がついた。(やっぱりだわ。飲んできたのね)夫はカフタンを着ていない。短い綿入《わたい》れだけを身に着け、手には何も持っていない。黙《だま》って、身を縮《ちぢ》めている。その姿《すがた》を見たとたん、マトリョーナの怒《いか》りに火が付いた。(お金を全部飲んじまったんだよ、この人は。酒屋で変な男と意気投合して、家にまで連れ帰ってきたんだよ)

ふたりはマトリョーナの脇《わき》をぬけて部屋に入った。マトリョーナも部屋に戻《もど》り、見知らぬ男の様子をうかがう。若《わか》い。やせている。うちのカフタンを着ている。でも、その下には何も身に着けていないようだ。帽子も被っていない。部屋に入って、突《つ》っ立ったまま身動きひとつせず、ただうつむいている。善人《ぜんにん》には見えない。マトリョーナは怯《おび》えた。

恐怖《きょうふ》に顔をゆがめたマトリョーナは、ペチカの方へ後ずさりして、ふたりの動きを目で追う。

セミョーンは、帽子を脱《ぬ》ぎ、長椅子《ながいす》に腰《こし》を下ろし、いつもの調子で妻《つま》に声をかける。「さあ、マトリョーナ、夕飯にしようか！」

マトリョーナは、声を出さず、唇《くちびる》だけ震《ふる》わせていた。ペチカの脇に立ち、身じろぎもせず、頭だけを動かして、ふたりの男を順に目で追っている。セミョーンは、妻の異常《いじょう》に気がついたが、放っておくしかないと、見て見ぬふりをして、流れ者の手をとった。

「ここにかけな、飯にしよう」

流れ者が長椅子に座《すわ》る。

「さて、マトリョーナ、今夜の料理は何かな？」

マトリョーナの堪忍袋《かんにんぶくろ》の緒《お》が切れる。

「あんたに食わせるものなんかないよ。あんたは酔《よ》っぱらって、正気を失くしちまったようだね。毛皮を買いにいったのに、カフタンまでどっかにやって、戻《もど》ってくるなんて。しかも、どこかの馬の骨《ほね》を引き込《こ》んで。この家には、酔っ払《ぱら》いに食べさせるものなんかないよ」

「マトリョーナ、口に気をつけろ。失礼なことをいうな。どなたかたずねるのが先だろう」

「わたしが聞きたいのは、お金をどうしちゃったかってことよ」

セミョーンは、カフタンのポケットに手を突《つ》っ込み、お札を取り出し、そのしわを伸《の》ばした。

「金ならここにある。トリフォーノフの家では、今日はないけど、明日届《とど》けるっていわれたよ」

マトリョーナの怒《いか》りは、かえって強まった。毛皮を買わず、家に一着しかない夫《ふう》婦《ふ》共用の大切なカフタンを素性《すじょう》の知れない裸《はだか》の男に着せて、いっしょに帰ってくるなんて。

マトリョーナはお札をひっつかんで、道具箱に隠《かく》し、ふたたび毒づいた。

「夕飯はないですよ。うちでは、酔っ払いと裸男には食事は出しません」

「マトリョーナ、ちょっと口をつぐめ。まず、こっちの話を聞けよ」

「酔っ払いの言い訳《わけ》なんて聞き飽《あ》きています。もともと、あんたみたいな酔っ払いの所に嫁《よめ》に来る気なんかなかったのよ。母が持たせてくれた反物だって、あんたはお金に換《か》えて、全部飲んじゃったじゃない。今日も同じ。毛皮を買うお金で、飲んだんでしょ」

セミョーンは、妻《つま》に一部始終を話したかった。飲んだといっても、二十コペイカ使っただけだと。どこでこの若《わか》い男を見つけたのかも話したかった。しかし、マトリョーナは口を挟《はさ》ませてくれない。いったいどこから湧《わ》き出るのか、矢継《やつ》ぎ早にまくしたてる。十年前の記憶《きおく》まで、引っぱり出してくる。しゃべり続けるうちに、ますます熱くなり、マトリョーナはセミョーンに駆《か》け寄《よ》り、綿入《わたい》れの袖《そで》を引っ張《ぱ》る。

「わたしのだから、返してちょうだい。これしかないのよ。それをわたしから剥《は》ぎ取って、自分だけ温かい思いをして。返しなさいよ、酔《よ》っ払《ぱら》い。顔が赤いよ、まだらだよ。脳卒中《のうそっちゅう》で倒《たお》れちまいな」

セミョーンは女物の綿入れを脱《ぬ》ごうとする。袖が裏返《うらがえ》る。それをマトリョーナが力まかせに引っ張るので、縫《ぬ》い目がちぎれそうになる。ようやく取り戻《もど》した綿入れを、マトリョーナは頭からかぶり、戸口へ走った。そのまま家から出ていきたかったが、なぜか足が止まる。迷《まよ》いが生じた。怒《いか》りに身を任《まか》せるのもよいけど、この若《わか》い男の正体も気になる。

マトリョーナは足を止めた。

「悪い人じゃなかったら、なぜ裸《はだか》でいたのさ。肌着《はだぎ》も着てないように見えるよ。あんたも悪いことなどしてこなかったっていうのなら、このおしゃれな男をどこから連れてきたのか、いったらいいじゃないか」

「だから、さっきからいおういおうとしていたんだ。帰り道、礼拝堂《れいはいどう》の前を通ったら、この人が身ぐるみ剥がされて、震《ふる》えていたんだ。夏ならまだしも、この季節に素《す》っ裸《ぱだか》だぞ。おれと出会わなかったら、くたばっていただろう。神様に感謝《かんしゃ》せにゃいかん。何があったか？　この世の中、何があってもおかしくないさ。抱《だ》き起こして、あるものを着せて、ここへ連れてきたってわけさ。おまえも少しは落ち着いたらどうだ。マトリョーナ、どうせ死ぬなら、安らかに死にたいじゃないか」

マトリョーナはわめき続けたかったが、あらためて流れ者を見て、口を閉《と》ざした。流れ者はじっとしている。食卓《しょくたく》の端《はし》に座《すわ》ったまま、まったく動かない。ひざに手をつき、深くうつむいたまま、目を閉じ、まるで誰《だれ》かに首を絞《し》められているような苦し気な顔をしている。マトリョーナは黙《だま》ったまま。セミョーンが声を発した。

「マトリョーナ、おまえにも神の心があるだろう⁉」

夫の言葉を聞き、マトリョーナはもう一度流れ者を見る。すると、いっきに怒《いか》りが収《おさ》まった。戸口から部屋に戻《もど》り、ペチカの横へまわって、夕食を取り出した。食卓《しょく》《たく》にカップを置いて、麦汁《クワス》をつぐ。パンの最後の塊《かたまり》を出してきて、ナイフ、スプーンといっしょに並《なら》べた。

「さあ、どうぞ、お食べなさい」と、マトリョーナは流れ者に声をかけた。

セミョーンが流れ者を支《ささ》えおこす。

「ちゃんと座《すわ》って、背中《せなか》を伸《の》ばせ」

セミョーンは、ナイフでパンをひと切れ切り取り、それをさらに細かくちぎって、食べ始めた。マトリョーナは、食卓の角に座り、頬杖《ほおづえ》をついて、流れ者を見ていた。そのうちに、マトリョーナは、この流れ者があわれに思えてきた。そして、彼《かれ》を好きになった。すると、流れ者が急に明るくなった。苦し気な表情《ひょうじょう》が消えた。彼は、顔を上げ、マトリョーナを見て、笑った。

夕食がすみ、食卓を片《かた》づけたマトリョーナは、流れ者に問いかけた。

「あんたは、どこの者かね？」

「ここの者ではありません」

「じゃあ、なぜ道に倒《たお》れていたのさ？」

「それはいえません」

「誰《だれ》かに襲《おそ》われたの？」

「神様に罰《ばっ》せられたのです」

「で、裸《はだか》で倒れていたってわけかい？」

「はい、裸で凍《こご》えていました。ご主人のセミョーンさんが私《わたし》を見つけて、助けてくれました。自分のカフタンを私にかけ、この家へ連れてきてくれました。この家では、食べ物と飲み物をあなたからいただくことができました。感謝《かんしゃ》します。あなたがたに神の救いがありますように！」

マトリョーナは、立ち上がり、窓辺《まどべ》からセミョーンの古いシャツを取ってきて、流れ者に渡《わた》した。さっきまでツギを当てていたシャツ。ズボンもどこからか見つけてきた。

「着なさい。シャツもないのでしょ。着たら、寝《ね》なさい。どこでもかまわないよ。壁際《かべぎわ》でも、ペチカの上の寝床《ねどこ》でも」

流れ者は、カフタンを脱《ぬ》ぎ、シャツとズボンに着替《きが》えて、壁際に横たわった。マトリョーナは、明かりを消し、カフタンを拾い上げ、ベッドの夫の横にもぐり込《こ》んだ。

カフタンの裾《すそ》にくるまって横になっていても、マトリョーナは、眠《ねむ》れない。流れ者のことが頭から離《はな》れない。パンの最後の切れ端《はし》を彼《かれ》にあげてしまったから、明日どうしよう、と考える。シャツとズボンをあげてしまって、もったいないことをした、と考える。が、同時に、彼の笑顔を思い出して、胸《むね》がドキドキするのだった。かなり長い時間寝付《ねつ》けなかったが、マトリョーナは、となりのセミョーンも眠っていないことに気づいた。

「セミョーン！」

「ああ」

「パンが切れちゃった。明日の分、かまどに仕込《しこ》まなかったわ。朝どうしよう。マダニアばあさんにでも、借りようかな」

「何とかなるさ。死にはしないさ」

マトリョーナは口を閉《と》ざし、しばらく静かにしていた。

「あの男だけど、どうやら悪い人じゃなさそうだけど、どうして自分のことを話そうとしないんだろうね」

「話せないわけがあるのさ」

「セミョーン！」

「ああ」

「わたしらあげるばっかりで、わたしらには誰《だれ》も何もしてくれないね」

セミョーンは、何と答えたらよいのかわからなかった。「話は後にしよう」といって、体の向きを変え、眠《ねむ》った。

V

翌朝《よくあさ》、セミョーンが目覚める。こどもたちは寝《ね》ている。マトリョーナは近所にパンを借りに出ている。部屋には昨日の流れ者がひとり、古いシャツとズボン姿《すがた》で、長椅子《ながいす》に座《すわ》り、天を見ている。その顔は、昨日より明るい。

セミョーンが声をかける。

「どうした、お若《わか》いの。裸《はだか》じゃなくなったが、腹《はら》はまたへっただろう。人は食わなきゃ生きていけないからな。お前さん、何か仕事はできるのかい？」

「何もできません」

その答えにセミョーンは驚《おどろ》いた。

「人間、その気になれば、何かできるようになる」

「はい、皆《みな》さん働いています。私《わたし》も働こうと思います」

「ところで、お前さん、名前は？」

「ミハイルです」

「そうかい、じゃあミハイルと呼《よ》ばせてもらうよ。で、ミハイル、あいかわらず自分についてはダンマリかい。まあ、勝手にしな。でも、食い扶持《ぶち》は稼《かせ》がんとな。どうだい、俺《おれ》の仕事を手伝ってみるかい。飯ぐらい食わすよ」

「ありがとうございます。がんばります。教えてください」

セミョーンは、麻糸《あさいと》を取って、自分の指先に巻《ま》き、玉結びを作って見せた。

「難《むずか》しくない、よく見ていな……」

ミハイルは、ひとめ見て、同じように指先に糸を巻き、玉結びを作った。

セミョーンは、糸にロウを引いて撚《よ》りを強くする方法を教えた。ミハイルは、すぐに覚えた。セミョーンは、糸の毛羽立ちを取る方法を教えた。ミハイルは、すぐに覚えた。糸の準備《じゅんび》を教えたセミョーンは、いよいよ革《かわ》の縫《ぬ》い方を教えた。ミハイルは、それもすぐに覚えた。

セミョーンがやってみせるあらゆる仕事をミハイルはすぐに覚え、三日めには、生まれてからずっとこの仕事をしてきたかのように、靴《くつ》を縫《ぬ》い始めた。ミハイルは仕事の手を休めることを知らない。食事の量も少ない。仕事が途切《とぎ》れると、黙《だま》ってじっと天を見ている。外出はしない、余分《よぶん》なことはいわない。冗談《じょうだん》ひとついわない。笑わない。

ミハイルが笑顔を見せたのは、一度だけ。最初の夜、マトリョーナが夕食を出す気になった、あの時だけだった。

Ⅵ

一日、二日、一週間、二週間、そして、一年が過《す》ぎた。ミハイルは、あいかわらずセミョーンのもとで働いている。セミョーンの所の新しい職人《しょくにん》の名声は広がっていた。セミョーンの工房《こうぼう》のミハイルという職人ほど美しくて丈夫《じょうぶ》な靴を縫うものはいない、と評判《ひょうばん》になった。それを聞きつけて近隣《きんりん》の町や村から靴の注文が舞《ま》い込《こ》み、セミョーンの懐《ふところ》具合もよくなった。

ある冬の日、セミョーンとミハイルが仕事台に向かって働いていると、小屋に近づいて来るソリの鈴《すず》の音が聞こえた。窓《まど》の外を見ると、三頭立ての大きなソリが小屋の正面に止まり、御者台《ぎょしゃだい》から少年が飛び降《お》り、ソリのワゴンの扉《とびら》を開けた。中から毛皮のコートに身を包んだ恰幅《かっぷく》のよい紳士《しんし》が顔を出した。紳士は、ソリから降りると、セミョーンの家に歩み寄《よ》り、入り口の階段《かいだん》に足をかけた。マトリョーナがあわてて戸を大きく開く。大きな紳士は、小さく身をかがめて、入り口をぬけ、部屋に入って直立した。その頭は天井《てんじょう》に届《とど》きそう。体は部屋の四隅《よすみ》の一角を完全にふさいでしまった。

セミョーンは、手を休めてお辞儀《じぎ》をし、頭を上げて、びっくりした。こんなに大きな人間がこの世にいたのか。セミョーンは小柄《こがら》、ミハイルはひょろひょろ、マトリョーナときたら枯《か》れ枝《えだ》のように細い。この人物は、まるで違《ちが》う世界から来たようだった。パンパンに膨《ふく》らんだ赤ら顔、首は猛牛《もうぎゅう》のように太く、まるで鉄製《てっせい》の像《ぞう》を思わせる。

紳士《しんし》は、乱《みだ》れた息を整え、毛皮のコートを脱《ぬ》ぎ、長椅子《ながいす》に腰《こし》を下ろした。

「ここの主人は誰《だれ》かな?」

セミョーンが立ち上がる。

「わたしです、旦那様《だんなさま》」

紳士が使い走りの少年に向かって大声を出す。

「おい、フェージカ、革《かわ》を持ってこい」

少年が包みを持って駆《か》け込《こ》んでくる。紳士は、包みを受け取り、机《つくえ》の上に置く。

「開けろ」

少年が包みを開ける。

包みから出てきた革を指でつついて、紳士がセミョーンに問う。

「どうだ、靴屋《くつや》、この革が見えるか？」

「はい、大旦那様」

「はいだと？　本当にわかっているのか、これがどんな革か？」

セミョーンは革に触《ふ》れてみる。

「上等の革です」

「ほう、上等といったか。馬鹿《ばか》かおまえは。こんな革、見たこともなかろう。ドイツ製《せい》だぞ。二十ルーブルもしたんだからな」

セミョーンは怯《おび》えた。

「わたしなんかには、お目にかかれる代物ではありません」

「そうだ、あたりまえだ。で、この革を使って、わしのために靴《くつ》が縫《ぬ》えるか？」

「縫います、旦那様」

紳士がセミョーンに怒鳴《どな》る。

「縫えるといったな。誰のための靴か、どんな革から縫うか、わかっていっているのか？　わしのために、一年履《は》き続けても、破《やぶ》れない靴《くつ》、ブカブカにならない靴が作れるか？　作れるなら、やってみろ。この革《かわ》を切ってみろ。作れないなら、できないといえ。革に触《さわ》るな。この場ではっきりいっておくぞ。おまえが作ったわしのブーツが一年もたずに破れたり、型崩《かたくず》れしたりしたら、おまえを牢屋《ろうや》に入れるからな。破れもゆがみもしなかったら、手間賃《てまちん》として十ルーブル払《はら》ってやる」

セミョーンは、すっかり怖気《おじけ》づいてしまった。何と答えたらよいのかわからない。ミハイルを見て、ひじで小突《こづ》き、小声で問う。

「仕事を受けようか、やめておこうか？」

ミハイルは、首を縦《たて》に振《ふ》り、小声で返した。「受けましょう」

セミョーンは、ミハイルに従《したが》うことにした。一年間、破れもゆがみもしないブーツを作る、と請《う》け合った。

紳士《しんし》は、少年を怒鳴《どな》りつけて、自分の左足からブーツを引き剥《は》がさせ、その足を前へ突《つ》き出した。

「寸法《すんぽう》を取れ」

セミョーンは、紙をつなぎ合わせて、五十センチほどの手製《てせい》の巻《ま》き尺《じゃく》を作り、紙のしわを伸《の》ばした。紳士の足下にひざまずき、前掛《まえか》けで手の汚《よご》れを落とす。紳士の靴下《くつした》を汚すわけにはいかない。そして、寸法を測《はか》り始める。足裏《あしうら》の長さを測り、甲《こう》の高さを測る。ふくらはぎの太さを測ろうとすると、巻き尺が回らない。紳士のすねは丸太のように太い。

「ちゃんと測れ。きつくするな」

セミョーンは紙をつぎ足すことにする。その間、紳士は、靴下の中で足の指を動かしながら待ち、部屋の中にいる者たちを見回す。ミハイルに目が留《と》まる。

「こいつは誰《だれ》だ？」

「うちの職人《しょくにん》でございます。この職人に旦那様《だんなさま》の靴を縫《ぬ》わせます」

紳士は、ミハイルに顔を向けた。

「いいか、忘《わす》れるな。一年はいても破れない靴だぞ」

セミョーンもミハイルの顔を見る。ミハイルは、紳士《しんし》の目を見ていない。紳士の後ろの、部屋の角をじっと見ている。まるで、そこに誰《だれ》かが立っているかのように。しばらく同じところを見つめていたミハイルの顔が、突然《とつぜん》、笑い顔になった。ミハイルの全身が明るくなった。

「おい、馬鹿面《ばかづら》して、歯をむき出したりするな。とにかく、ちゃんと、期日までに間に合わせろよ」

すると、ミハイルが答えた。

「必要な時に、ピッタリ間に合わせます」

「そうか、そうしてもらおう」

紳士は、左足のブーツを元通り履《は》き、毛皮のコートに腕《うで》を通し、その前を掻《か》き合わせ、出口へ向かった。戸口で身をかがめることをすっかり忘《わす》れていたため、鴨居《かもい》に頭を強く打ち付けてしまう。

大きなわめき声をあげ、手で額《ひたい》を拭《ふ》き、そのままソリに乗り、去っていった。

ソリの姿《すがた》が見えなくなると、セミョーンは声を出した。

「すごい石頭だったなあ。ああいう男は、丸太で殴《なぐ》っても死なないぞ。柱がへこむほど頭を打ち付けたのに、ケロッとしていたぞ」

マトリョーナが夫に続く。

「そうだよ、あんな性格《せいかく》なら、まわりに当たりちらしているでしょうね。でも、あんな頑丈《がんじょう》な人は、きっと、死神も避《さ》けて通るでしょうね」

Ⅶ

セミョーンはミハイルに相談した。

「引き受けたのはいいが、とんだ災難《さいなん》かもしれん。高い革《かわ》だよ。あの旦那《だんな》は怒《おこ》りっぽいからね、失敗は許《ゆる》されないぞ。頼《たの》むよ、おまえの方が目がよいし、手もわしより器用に動く。ほら、これが寸法《すんぽう》だ。革を切ってくれ。わしは、後で仕上げ縫《ぬ》いをするから」

ミハイルは、まったく逆《さか》らわず、預《あず》かった革《かわ》を取り上げ、机《つくえ》の上に広げると、ふたつに折り、ナイフを取って、断《た》ち始めた。

マトリョーナが近くに来て、ミハイルの手元を覗《のぞ》く。そして、ミハイルのしていることを見て、驚《おどろ》く。マトリョーナも靴《くつ》作りの作業は見慣《みな》れて、よく知っているが、ミハイルは、革をブーツ用に裁断《さいだん》していない。何か丸い形を切り抜《ぬ》いている。

マトリョーナは、注意しようと思ったが、「あの旦那《だんな》のブーツを作るには、何かわたしにわからないことがあるのさ。ミハイルはよくわかっているはずだから、邪《じゃ》魔《ま》しないでおこう」と考えて、思いとどまった。

革を二片《へん》切り抜くと、ミハイルは端《はし》を縫《ぬ》い合わせ始めた。ブーツだったら、両端《りょうたん》を縫うはずだが、一か所だけ、これでは室内履《ば》きになってしまう。

切り方だけでなく、縫い方にも驚いたが、それでも、マトリョーナは口を出さなかった。ミハイルは縫い続けている。昼飯の時間になり、セミョーンが仕事台から腰《こし》を上げる。見ると、ミハイルが高価《こうか》な革で室内履きを縫ってしまったではないか。

セミョーンは呆然《ほうぜん》として、考えた。（ミハイルは、ここでもう一年働いていて、一度も間違《まちが》いを犯《おか》したことがないのに、今度ばかりは大変なことをしでかした。旦那は靴底《くつぞこ》と胴《どう》がしっかり縫い合わさった革ブーツを注文したのに、ミハイルが作ったのは、胴も底もないただの室内履きではないか。革をダメにしてしまった。旦那に何と謝《あやま》ればよいのだ。同じ革なんて見つからないぞ）

セミョーンは、ついに、ミハイルを叱《しか》りつける。

「おまえは、なんて事をしてくれたんだ。革といっしょに、わしまで切り裂《さ》いた！旦那はブーツを注文したのに、おまえは、いったい何を作ったんだ!?」

セミョーンはまだ叱り足りなかったが、ちょうどその時、ドアに下がったリングが鳴る。誰《だれ》かがノックしている。窓《まど》の外を見ると、馬が繋《つな》がれている。誰かが馬に乗ってきたようだ。ドアを開けると、あの旦那といっしょだった少年が立っている。

「こんにちは」

「やあ、こんにちは。何の用かな？」

「ブーツの件《けん》で、奥様《おくさま》のお使いでやってきました」

「ブーツがどうかしたのか？」

「ええ、そのブーツなんですが、必要なくなってしまいました。旦那様《だんなさま》がお亡《な》くなりになりました」

「何だって！」

「こちらからの帰り道、お屋敷《やしき》に着く前に、旦那様はソリの中で亡くなりました。到着《とうちゃく》すると、お屋敷の皆《みな》さんがお迎《むか》えに出てきたのですが、旦那様はワゴンの中で俵《たわら》みたいに転がっていて、すでに、硬《かた》くなっていました。死体になっていました。皆で引きずりおろしました。奥様がさっそくわたしをこちらに使いに出しました。『うちの人が、ブーツを注文して、革《かわ》を預《あず》けたはずだけど、ブーツはいらなくなりました。その代わりに預けた革で遺体《いたい》に履《は》かせる室内履《ば》きを作ってほしい、といって、それができるまで待って、受け取って帰ってきなさい』といわれました。それで、戻《もど》ってきたのです」

ミハイルは、仕事台から革の残りを取り上げ、筒状《つつじょう》に巻《ま》き、少年に渡《わた》した。さらに、できあがっていた室内履きを手に取り、切りくずを払《はら》い落とし、前掛《まえか》けでこすって表面をきれいにして少年に渡した。少年はそれを受け取ると、すぐに別れを告げた。

「さようなら。ごきげんよう！」

Ⅷ

さらに一年が経《た》ち、二年が経ち、ミハイルがセミョーンの家で暮《く》らすようになって、六年めになった。あいかわらずの暮らしぶり。外出はしない、余分《よぶん》なことはいわない。この間に笑ったのは二回だけ。一度は、マトリョーナが夕食の用意をしたとき。二度めは、金持ちの紳士《しんし》に向かって。靴職人《くつしょくにん》ミハイルに対するセミョーンの評価《ひょうか》は、下がることを知らなかった。セミョーンは、ミハイルの素性《すじょう》をただすこともやめた。ミハイルが去ってしまうことだけが怖《こわ》かった。

ある日、セミョーンの家族全員が家にそろっていた。マトリョーナは料理の鍋《なべ》をペチカのかまどに入れ、こどもたちは長椅子《ながいす》の上を走り回りながら、窓《まど》の外の様子をうかがう。セミョーンは窓辺《まどべ》で靴《くつ》を縫《ぬ》い、ミハイルは別の窓辺で靴のかかとを打っている。

男の子が長椅子の上を駆《か》けてきて、ミハイルの肩《かた》にすがり、窓の外を見る。

「ミハイルおじちゃん、きれいなおばちゃんが女の子をふたり連れて、こっちへ来るよ。ひとりの子は、足が悪いみたいだよ」

男の子の叫《さけ》びを聞くやいなや、ミハイルは手に持った作業中の靴を投げ捨《す》て、窓にとりつき、外を見た。

セミョーンは驚《おどろ》いた。外の様子など一度も気にしたことのなかったミハイルが、食い入るように窓の外の何かを見ている。セミョーンも外に目をやると、たしかに、こぎれいな服を着た女が近づいてくる。毛皮のオーバーを着て、花柄《はながら》の温かそうなショールを頭からかぶった女の子ふたりの手を引いている。ふたりはそっくりで、見分けがつかない。ただ、ひとりの子は、左の足が不自由のようで、引きずっている。

女は、玄関《げんかん》を上がり、戸口を探《さぐ》って、ノブを引く。戸が開くと、先にふたりの子を通し、その後から部屋に入ってきた。

「こんにちは、皆《みな》さん」

「いらっしゃい、何の御用《ごよう》ですか？」

女は食卓《しょくたく》の椅子に腰《こし》を下ろした。女の子ふたりがその膝《ひざ》にまとわりつく。人見知りが激《はげ》しいようだ。

「春になるので、この子たちに革靴《かわぐつ》をあつらえようと思ってね」

「いいですね、作りますよ。こども靴《ぐつ》はやっていませんが、でも大丈夫《だいじょうぶ》。全て革《かわ》の紐靴《ひもぐつ》でも、スウェードの柔《やわ》らかいシューズでも。そこにいるミハイルの腕《うで》は確《たし》かですから」と、いって、セミョーンはミハイルを見た。ミハイルは仕事そっちのけで、女の子たちをじっと見つめ、目を離《はな》さない。

セミョーンは、ミハイルのその姿《すがた》に驚《おどろ》いた。たしかに、かわいい女の子たちだ。黒い瞳《ひとみ》、ぽっちゃりした桃色《ももいろ》の頬《ほほ》、毛皮のオーバーもショールもよく似合《にあ》っている。それでも、セミョーンが理解《りかい》できないのは、ミハイルがその子たちを、まるで以前からの知り合いのように、温かいまなざしで見ていることだ。

驚きはそのままに、セミョーンは女とこども靴《ぐつ》の好みや値段《ねだん》について交渉《こうしょう》を始める。話がまとまると、足の寸法《すんぽう》を取ることになる。女は、足の不自由な子を膝《ひざ》に抱《だ》きあげた。

「この子の左右の寸法を測《はか》ってください。不自由な足の靴《くつ》をひとつ、真っ直ぐな足の靴をみっつ縫《ぬ》ってください。ふたりは足も何もまったく同じ、双子《ふたご》なんですよ」

セミョーンは寸法を取り、足の不自由な子に目を向けた。

「かわいいね。どうしたのかな？　生まれつきかな？」

「いいえ、母親の下敷《したじ》きになったんです」

マトリョーナが話に口をはさむ。この女が誰《だれ》なのか、女の子たちが誰なのか、知りたくなったのだ。

「自分の子じゃないのかい、そうは見えないけどね。大切にしているじゃない」

「そりゃあ、大切にするさ。ふたりとも自分の乳《ちち》で育てたんだからね。自分の本当の子もいたんだけど、神に召《め》されてしまってさ。いまや死んだ子よりも、この子らが大事なのさ」

「いったい、生みの母親は誰なのさ？」

IX

女は、そこまで問いに答えるだけだったが、話の先を自分から語りだした。

「事件《じけん》が起こったのは、六年前。一週間で、この子たちは孤児《こじ》になってしまったのさ。父親が火曜日に墓《はか》に入れられたと思ったら、金曜日に母親が死んでしまった。父親の死後三日で生まれたこの子らは、母親とは一日すら過《す》ごせなかった。わたしはその頃《ころ》、夫と農業をしていてね。まわりも農家ばっかり。この子らの両親とも近所づきあいしていたよ。この子らの父親はひとりで何でもやる農夫でね、その日も森で働いていた。そこに、運悪く、切った木が倒《たお》れてきてね。まともに下敷《したじ》きで、内臓《ないぞう》までやられちまったのさ。家に運び込《こ》んだときには、もう死んでいた。その女房《にょうぼう》が同じ週に双子《ふたご》を生んだんだよ。それがこの子らさ。貧《まず》しい女がひとりきりで産婆《さんば》も女衆《おんなしゅう》もいないまま、出産したのさ。ひとりで生んで、ひとりで死んでしまった。

翌朝《よくあさ》、様子を見に小屋を覗《のぞ》いたわたしが見つけたのさ。かわいそうに、もう冷たくなっていたんだよ。しかも、死ぬ時にこどもを下敷きにしちゃったんだね。それで、ほら、この足が曲がってしまったわけさ。村の衆が集まってきて、遺体《いたい》を洗《あら》い清めて、棺桶《かんおけ》に入れて、埋葬《まいそう》したよ。皆《みんな》で何から何まですましたけど、女の子ふたりのやり場に困《こま》ってしまってさ。どうしようか、皆で悩《なや》んで。わたしに目が向いてね。村で乳飲《ちの》み子がいたのはわたしだけ。八週間前に最初の男の子を授《さず》かっていたんだよ。とにかく、わたしがふたりを抱《だ》き上げたよ。それから、男衆が集まって、双子の落ち着き先をあれこれ話し合ったあげく、わたしにいったのさ、『マリア！』。それがわたしの名前だけど、『しばらくこの子たちを育ててくれ。何か決まるまでの間だけでも頼《たの》む』ってね。

わたしはね、最初は一度、こっちの足の真っ直ぐな子にだけ乳《ちち》をやって、下敷きだった子にはやらなかったのさ。どうせ長くは生きられないだろう、と思ってね。まったくひどい話さ。天使の心を失っていたよ。すぐに、こっちの子もあわれに思うようになってね。それからは、自分の子と、この子らふたり、合わせて三人、自分の母乳《ぼにゅう》で育てることに決めたよ。まだ若《わか》かったからね、元気だったし、よく食べていたからね。

おかげさまで、乳はたっぷり出たよ。あまって、漏《も》れるほどさ。ふたり同時に飲ませて、ひとりは待たせておく。ひとりが離《はな》れたら、すぐに待っていた子を抱き上げる。そんな具合だったけど、神の定めかもね、二年目に実の子をあの世へ送ることになってしまった。その後、自分の子は授からなかった。

でも、埋《う》め合わせはあったよ。この近くで商人が経営《けいえい》している製粉所《せいふんじょ》で働けることになってさ、お給料もよいんだよ。せっかく暮《く》らしが楽になってもこどもがいなけりゃ寂《さび》しいけれど、わたしにはこの子らがいるからね！　愛しくて、愛しくて！　ロウなくてロウソク燃《も》えぬっていうけど、この子らなくて、わたしは生きていけない。ふたりはわたしの生きがいさ」

マリアと名のった女は、片手《かたて》で、足の不自由な子を抱《だ》き寄《よ》せ、もう片方《かたほう》の手で頬《ほほ》を流れる涙《なみだ》をぬぐった。

マトリョーナは大きくため息をついた。

「あのことわざの通りだね。親は無くとも子は育つ、しかし、神がなければ育たないってね」

女同士のおしゃべりがもうしばらく続いたが、やがて、マリアは腰《こし》を上げた。見送ったセミョーンとマトリョーナは、ミハイルを振《ふ》り返った。ミハイルは、両手をひざの上で組み、天を仰《あお》いで、笑っていた。

X

セミョーンはミハイルに歩み寄り、声をかけ、何がおかしいのか、たずねた。すると、ミハイルは仕事道具を手から離《はな》し、長椅子《ながいす》から立ち上がり、前掛《まえか》けを外してから、主人とその妻《つま》に深々《ふかぶか》と頭を下げた。

「ご主人さま、奥《おく》さま、大変お世話になりました。神が私《わたし》をお許《ゆる》しになりました。どうか、おふたりも、私をお許しください」

セミョーン夫婦《ふうふ》は、ミハイルの体から光が出ているのを見た。セミョーンは、足を止め、ミハイルにお辞儀《じぎ》をした。

「ミハイル、どうやら、おまえは普通《ふつう》の人間ではないようだな。わしはお前を引き止められない。いろいろ聞いてもいけないようだが、ひとつだけ教えてくれ。最初におまえを見つけて、この家に連れてきたとき、あれほど悲しそうだったのに、女房《にょうぼう》が飯を出すと、笑いかけて、それ以来少し明るくなったのは、なぜだ？　それから、金持ちの旦那《だんな》がブーツを注文した時も、笑ったな。二度めだ。それ以来さらに明るくなった。そして、今だ。女性《じょせい》が女の子をふたり連れてきた。おまえは三度めの笑いを浮《う》かべ、全身すっかり明るくなった。ミハイル、教えてくれ、なぜおまえから光が出るのか、なぜ三度笑ったのか？」

ミハイルが答えた。

「私《わたし》は神に罰《ばっ》せられました。しかし今、神は私をお許《ゆる》しになりました。それがこの光のわけです。私が笑ったのが三回なのは、神が私に与《あた》えたお言葉がみっつだったからです。私は今、神のみっつのお言葉の意味をすべて知りました。ひとつめのお言葉の意味を知ったのは、あなたの奥《おく》さまが私をあわれんでくださった時です。私は初めて笑いました。ふたつめのお言葉の意味を知ったのは、金持ちの男が靴《くつ》を注文した時です。私は笑いました。それが二回めです。そして、今日、双子《ふたご》の女の子を見て、最後のみっつめのお言葉の意味を知りました。私は笑いました。三回めです」

セミョーンがさらに問う。

「ミハイル、わしは知りたいね。おまえは何の罪《つみ》で神に罰せられたのか、神のみっつのお言葉とは何なのか」

ミハイルは答える。

「私が神の命に背《そむ》いたため、神は私を罰しました。私は天上の世界の天使でしたが、神の命に背いたのです。私は天使として、主より、地上の人間であるひとりの女の魂《たましい》を天に召《め》すため、地上に行くように命じられたのです。私は地上に舞《ま》い下りました。その女を見つけました。瀕死《ひんし》でした。双子の女の子を生んだところでした。女の子ふたりが母親のかたわらで動いていました。母親は乳《ちち》をあげることも、抱《だ》き上げることもできない状態《じょうたい》でした。母親は私の姿《すがた》を見ると、神の使いが魂を召しに来たとわかり、泣いて私に頼《たの》みました。

『天使さま！　夫が死んだばかりです。木の下敷《したじ》きになりました。わたしには姉も妹も叔母《おば》も女友達も誰《だれ》もいません。この子達を育ててくれる人がいません。どうか、魂《たましい》を召《め》さないでください。わたしに乳《ちち》をあげさせてください。せめてこの子らが立つまでわたしに育てさせてください。父も母もいない子は死んでしまいます！』

私は母の願いを聞き届《とど》けました。ひとりの女の子を母の胸《むね》に押《お》しつけ、もうひとりを母の両手に預《あず》け、天の主のもとへ舞《ま》い上がりました。天に戻《もど》り主に告げました。

『子を産んだばかりの女の魂を召すことが、私にはできませんでした。父が事故《じこ》で死んだばかりで、双子《ふたご》が生まれたのです。ですから、魂を召さないで、と懇願《こんがん》するのです。乳を飲ませたい、立つまで育てたい、両親無くして子は育たぬ、というのです。私はその産婦《さんぷ》から魂を召すことができませんでした』

すると、主が私にいいました。

『行って、産婦の魂を召してきなさい。みっつの言葉の意味を知りなさい。人に何があるか、人に何が与《あた》えられていないか、人は何によって生きるか、このみっつを知りなさい。それを知ったら、天に戻りなさい』

私は地上に舞い戻り、産婦の魂を召しました。母の乳房《ちぶさ》から乳児《にゅうじ》たちが落ちました。死体がベッドに倒《たお》れ、女の子ひとりがその下敷《したじ》きになり、足を傷《いた》めてしまいました。神に魂を届けるため、私は村の上空に浮《う》かび上がりましたが、背中《せなか》の羽が突《とっ》風《ぷう》にあおられ、抜《ぬ》け落ちてしまいました。魂だけが神のもとへ昇《のぼ》っていき、私は地上に落ち、道に倒れました」

XI

セミョーンとマトリョーナは、自分たちが誰《だれ》に服を着せ、誰に食事をさせ、誰と暮《く》らしていたかを知り、畏《おそ》れと喜びで、涙《なみだ》を流した。

天使が続ける。

「私は野にひとり、裸《はだか》で取り残されました。その時まで私は人間の感覚を知りませんでした。寒さも、飢《う》えも、知りませんでした。ところが、地上に落ちて人間になると、おなかがすきます、寒さに凍《こご》えます。どうしたらよいのか、わかりません。

野の中に神のために建てられた礼拝堂《れいはいどう》を見つけました。礼拝堂へ行き、身を守ろうと思いました。しかし、鍵《かぎ》がかかっていて、入れません。せめて風だけでも防《ふせ》ごうと、礼拝堂の裏《うら》に座《すわ》りました。風は追いかけてきました。飢《う》えと寒さで私《わたし》は衰弱《すいじゃく》しました。

突然《とつぜん》、人の気配がしました。男が道を歩いてきます。手にブーツをぶら下げ、独《ひと》り言をいっています。男の顔が見えました。私が人間になって初めて見た人間の顔は、死人の顔でした。その顔が怖《こわ》くて、私は男から顔をそむけました。男の独り言の内容《ないよう》が聞こえました。自分の身を冬の寒さから守るには何を着たらよいか、自分の妻《つま》とこどもに何を食べさせようか、としゃべっていました。

私は考えました。（私は飢えと寒さで行き倒《だお》れになりそうだ。でも、通りかかった男は、自分と女房《にょうぼう》の毛皮のコートのことと、パンのことだけ考えている。助けてくれるはずがない）私を見た男は顔をしかめ、ますます怖い顔になり、私を避《さ》けるようにして通り過《す》ぎました。

私は絶望《ぜつぼう》しました。ところが、突然、男の戻《もど》ってくる足音が聞こえます。さっきまでとは違《ちが》う顔をしています。死人の顔が、生きている者の顔に変わっています。その顔の中に、私は神を見ました。戻った男は、私に服を着せ、助け起こし、私を自宅《じたく》へ連れていきました。

男の家に着くと、私たちを出迎《でむか》えた女が文句《もんく》をいい始めました。女は男より恐《おそ》ろしい人間でした。女の口から出るのは、死人の息でした。死体から出る腐臭《ふしゅう》のようで、私は呼吸《こきゅう》ができません。女は、私を寒空に追い出そうとします。私を追い出してしまうと、この女は死ぬ、と私は知っていました。突然、夫が女に神の存在《そんざい》を思い起こさせました。すると、女に変化が起こりました。私に夕食を出す決心をした女は、私を見ました。私も女を見ました。女の中に、すでに死はなくなっていました。女は生きていました。私は女の中に神を見出しました。

私は神の第一のお言葉を思い出しました。『人の中に何があるのか、知りなさい』。私は人の中に愛があることを知りました。私は、神が、私に課した問題の答えを、すでに明かし始めてくださっていることに喜びを感じ、一回めの笑みを浮《う》かべたのです。しかし、まだふたつの課題が残っていました。人に与《あた》えられていないものは何か、人は何によって生きるか、ふたつの答えはわかっていません。

私《わたし》がこの家で暮《く》らすようになって、一年たちました。男が来て、ブーツを注文しました。一年後も、破《やぶ》れていない、ゆがんでいない靴《くつ》を作れ、との注文でした。私は男の方を見て、男の背後《はいご》に仲間の天使が立っているのに気づきました。死の天使です。私にしか見えません。私はわかりました、陽が沈《しず》むまでに、この金持ちの男の魂《たましい》は、神に召《め》されるだろう、と。私は思いました。(男は一年後の心配をしているが、今夜まで生きられないことを知らないのだ) そして、神の二番めのお言葉を思い出しました。『人に与えられていないものは何か』。

人の中にあるものは何か、という謎《なぞ》は一年前に解《と》きました。その時、私は、人に与えられていないものは何か、というふたつめの謎を解いたのです。そして、笑いました。二回めの笑いです。仲間の天使に会えたこと、神がふたつめの答えを明かしてくださったことが嬉《うれ》しかったのです。

しかし、すべてを知ったわけではありません。みっつめのお言葉が残っていました。人は何によって生きるか、それがわかりません。私は、ここで暮らし続け、神が最後の答えを明かしてくださるのを待ちました。

六年めに、双子《ふたご》の女の子が女に連れられて現《あらわ》れました。私は、その双子を知っていました。その時、その双子が死なずに生きていたことがわかりました。それを知って、考えました。（母親は、こどもを思って私に懇願《こんがん》した。私は、両親無しではこどもは死ぬ、という母親の言葉を信じた。ところが、血のつながりのない女が、乳《ちち》を飲ませ、育てた）その女が養女ふたりを愛するあまり、涙《なみだ》まで流すのを見て、私は、その女の中に生ける神を見ました。そして、人は何によって生きるか、わかりました。神は最後の答えを明かしてくださり、私を許《ゆる》してくださったのです。ですから、笑いました。最後の三回めの笑いです」

XII

天使が真の姿《すがた》を現《あらわ》した。天使の全身が光に包まれた。目が痛《いた》いほどの明るい光。天使の声も大きくなる。天使の口からではなく、天から降《ふ》ってくるような声。その声が語る。

「私《わたし》は知りました。人は誰《だれ》でも、私利私欲《しりしよく》によってではなく、愛によって生きているのです。母親は、自分のこどもが生きるために何が必要か、知ることができませんでした。また、あの金持ちは自分自身に何が必要か、それを知る能力《のうりょく》を与《あた》えられていませんでした。あの金持ちに、生きている人間用のブーツなど必要でなく、夜までに死んだ人間用の室内履《ば》きが必要になる、と知る能力は、いかなる人にも与えられていません。

私が人間にされても死ななかったのは、自分で自分の世話ができたからではありません。通りがかった男とその妻《つま》に愛があったからです。ふたりは私をあわれみ、愛してくれました。孤児《こじ》たちが死ななかったのは、施《ほどこ》しのおかげではありません。血のつながりのない女の心に愛があったからです。女はこどもらをあわれみ、愛しました。いかなる人も、生きているのは、自分自身の力によってではありません。人々《ひとびと》の中に愛があることによって、生きているのです。

私は、神が人間にいのちを与えたことを知っていました。また、神は人間が生きることを望んでいる、と知っていました。今、さらにもうひとつの事を知りました。神は、人がひとりで生きることを望んでいない。したがって、ひとりで生きようとする者には、生きるために必要なことを教えない。神は、人が兄弟とともに生きることを望んでいる。したがって、兄弟とともに生きる者には、ひとりのため、兄弟全員のため、それぞれが必要とする物を教えてくださる。そのことを私は理解《りかい》しました。

私はもうひとつ知りました。人は、自分で自分の心配をするから、生きている、と思っているかもしれないが、それは違《ちが》う。人は愛によって生きている。愛のみによって生きている。愛のうちにいる者は、神のうちにいる。また、神はその者のうちにいる。なぜなら、神は愛であるから」

そして、天使は、賛美歌《さんびか》を歌う。歌声でセミョーンの家が揺《ゆ》れる。家の天井《てんじょう》が開く。地上から天へ火の柱が立ち上る。セミョーンと妻《つま》とこどもたちは地に伏《ふ》せる。天使の背《せ》の羽根が開く。天使は天に昇っていく。

セミョーンが我《われ》に返ると、家はもとどおり。そして、もはや、家の中に、家族以外誰《だれ》もいなかった。

火を消せ

―放っておくと、消せなくなる―

Упустишь огонь — не потушишь

そのとき、ペテロがイエスのもとにきていった。「主よ、兄弟がわたしに対して罪《つみ》を犯《おか》した場合、いくたびゆるさねばなりませんか。七たびまでですか」

（『新約聖書』マタイによる福音書　第18章・21節）

イエスは彼《かれ》にいわれた。「わたしは七たびまでとはいわない。七たびを七十倍するまでにしなさい。

（同22節）

それについて、天国はある王のようなものだ。王がしもべたちと決算をする。

（同23節）

決算が始まると、一万タラントの負債《ふさい》のあるしもべが、王のところに連れられてきた。

（同24節）

しかし、返せなかったので、王は、そのしもべに自身と妻子《さいし》と持ち物全部とを売って返すように命じた。

（同25節）

そこで、このしもべはひれ伏《ふ》して哀願《あいがん》した。『どうぞお待ちください。全部お返しいたしますから』

（同26節）

王はあわれに思って、彼をゆるし、その負債を免《めん》じてやった。

（同27節）

そのしもべは、出て行き、百デナリを貸《か》しているひとりの仲間に出会い、彼をつかまえ、首をしめて『借金を返せ』といった。（同28節）

そこでこの仲間はひれ伏し、『どうか待ってくれ。返すから』といって頼《たの》んだ。（同29節）

しかし、承知《しょうち》せずに、その人をひっぱっていって、借金を返すまで獄《ごく》に入れた。（同30節）

その人の仲間たちは、この様子を見て、非常《ひじょう》に心をいため、行ってそのことをのこらず王に話した。（同31節）

そこで王は彼を呼《よ》びつけていった。『悪いしもべ、わたしに願ったからこそ、あの負債を全部ゆるしてやったのだ。（同32節）

わたしがあわれんでやったように、あの仲間をあわれんでやるべきではなかったか』（同33節）

そして、王は立腹《りっぷく》して、負債全部を返してしまうまで、彼を獄吏《ごくり》に引きわたした。（同34節）

あなたがためいめいも、もし心から兄弟をゆるさないならば、わたしの天の父もまたあなたがたに対して、そのようになさるであろう」（同35節）

ある村にイワンという名の農夫が住んでいた。農家の暮《く》らしは平穏《へいおん》で、大黒柱のイワンは村一番の働き者。三人の息子がいるが、いずれも一人前。長男には嫁《よめ》がいて、次男には許嫁《いいなずけ》がいる。三男は成人前だが、すでに馬の放牧や畑の耕作《こうさく》の手伝いを始めている。イワンの女房《にょうぼう》は良妻賢母《りょうさいけんぼ》、長男に嫁《とつ》いできたのは従順《じゅうじゅん》でよく働く娘《むすめ》。イワンは家族に恵《めぐ》まれていた。ただこの家に働かずに食うだけの無駄飯食《むだめしぐ》いがひとりいた。イワンの高齢《こうれい》の父親。もう七年前から喘息《ぜんそく》で、母屋の大きなペチカの上に設《しつら》えた寝床《ねどこ》で寝《ね》たきりになっている。

イワンは経済状態《けいざいじょうたい》にも満足していた。馬三頭、子馬一匹《ぴき》、メス牛と当歳《とうさい》の子牛、羊十五匹《ひき》。女たちは家では縫《ぬ》い物、編《あ》み物に励《はげ》み、畑仕事も手伝う。男たちは農業。穀物《こくもつ》はよく取れ、次の年の新麦の時期までパンが不足することはない。租税《そぜい》や必要な金銭《きんせん》は飼料《しりょう》用のカラスムギを売って賄《まかな》う。こうしてイワンは子や孫と穏《おだ》やかに暮らしていた。

そのイワンの家の隣《となり》に、垣根《かきね》ひとつをはさんでガブリロの家族が住んでいる。ゴルデイ爺《じい》さんの一家で、爺さんの死後、息子のガブリロが主人になっている。このガブリロとイワンの間に喧嘩騒動《けんかそうどう》が持ち上がった。

ゴルデイ爺さんが死ぬ前、イワンの父親も元気に働いていた頃《ころ》、両家は好ましい隣人付合いをしていた。女たちにふるいや桶《おけ》が入用になったり、男たちに急に麻袋《あさぶくろ》や交換《こうかん》車輪が必要になったりすると、互《たが》いに隣へ使いをやり、互いにお隣さんとして助け合っていた。子牛が隣の穀物庫に入って麦の穂《ほ》をかじっても、追い出すだけで、脱穀《だっこく》がすむまで気をつけてくれ、というくらいだった。倉庫や納屋《なや》に何かを隠《かく》したり、鍵《かぎ》をかけたりすることもなかったし、互いの悪口をいうこともまったくなかった。それが爺さんたちの世代の暮らしだった。ところが、若《わか》い世代が後を継《つ》ぐと様子が変わった。

すべては、ほんのささいなことから始まった。

イワンの家の嫁《よめ》が世話をしていた雌鶏《めんどり》が早く成長し、卵《たまご》を産み始めた。若《わか》い嫁は復活祭《ふっかつさい》のために卵を集めていた。雌鶏は毎日納屋《なや》の脇《わき》の荷馬車の下へ行って卵を産む。ある日、こどもが驚《おどろ》かしたのか、雌鶏は垣根《かきね》を飛び越《こ》え、隣《となり》の庭で卵を産んだ。家の中にいた若い嫁は、雌鶏がクックッと鳴いて産卵《さんらん》を告げるのを聞いたが、復活祭の飾《かざ》り付けに忙《いそが》しかったので、卵を拾いに外へ出るのを後回しにした。夕方、手が空いたので、納屋横の馬車の下を覗《のぞ》いたが、卵がない。嫁は姑《しゅうとめ》と義理《ぎり》の弟に、卵を拾わなかったか、と聞く。答えは、「いや拾わなかった」若い義弟《ぎてい》のタラスカに聞くと、雌鶏は隣で産んで、隣で鳴いて、垣根の向こうから飛び戻《もど》った、との返事。嫁が捜《さが》すと、雌鶏は止まり木の雄鶏《おんどり》の横に戻っていて、トロンとした目をして、今にも眠《ねむ》りそう。どこで卵を産んだのか、聞いても答えるはずがない。嫁は隣の家を訪《たず》ねた。出迎《でむか》えたのは、おばあさん。主人のガブリロの母。

「隣の嫁さんかい、何の用だね」

「あのね、おばあさん、うちの雌鶏がお宅《たく》の庭に入ってね、どこか、そのへんで卵を産んだらしいの」

「そんなこと、知るもんかい。うちにはうちの鶏《にわとり》がそこら中走り回っているからね。

うちの卵は集めるが、他人の卵は拾わないよ。いいかい、わたしらは、卵集めに他人さまの庭に入ったりしないよ」

　その言い方にむかっ腹《ぱら》を立てた若い嫁は、言わずもがなの言葉を返した。売り言葉に買い言葉。女同士の口喧嘩《くちげんか》が始まった。イワンの女房《にょうぼう》が水桶片手《みずおけかたて》にやって来る。ガブリロの女房が家から飛び出てくる。隣家《りんか》同士の非難《ひなん》合戦が始まる。あった事を数え上げ、なかった事を付け加え、ののしり合いになる。全員がいっぺんに叫《さけ》び、一度にふたつもみっつもいおうとする。出てくる言葉は、すべて悪口。あんたはこうだ、おまえはああだ、あんたは盗人《ぬすっと》、おまえはアバズレ、あんたは尻軽《しりがる》、おまえは年寄《としよ》りをいびり殺そうとしている……。

「あんたは、借り物ばっかりして、この前貸《まえか》したふるいは穴《あな》が開いて帰ってきたよ。天秤棒《てんびんぼう》はそっちへ行ったきりだよ。今すぐ返しておくれ！」

　天秤棒《てんびんぼう》を引っ張《ぱ》り合い、水をかけ合い、ネッカチーフを破《やぶ》り合い、ついに、つかみ合いになる。ガブリロが畑から馬で駆《か》け付け、自分の女房《にょうぼう》の助太刀をする。すると、イワンとその息子が家から走り出て、乱闘《らんとう》に加わる。力持ちのイワンは、全員を投げ飛ばし、ガブリロのあごひげをひと掴《つか》み引っこ抜《ぬ》く。村の衆《しゅう》が集まってきて、ようやく両家族を引き剥《は》がした。

これがすべての始まりだった。

ガブリロは、拾い集めた自分のひげを訴状《そじょう》に包み、地方裁判所《ちほうさいばんしょ》へ出向いた。

「あのブサイク野郎《やろう》イワンに引き抜いてほしくて、ひげを生やしていたんじゃねえ」

ガブリロの女房は近所にいいふらす。イワンは有罪《ゆうざい》になって、シベリア送りになるに違《ちが》いない、と。こうして両者の反目が始まった。

反目が始まったその日から、ペチカの上の老人は和解《わかい》を説《と》き続けたが、若《わか》い者たちは聞き入れない。それでも、老人は諭《さと》し続ける。

「せがれたちよ、くだらないぞ。くだらないことを裁判沙汰《さいばんざた》にまでして。よく考えろ。原因《げんいん》は卵《たまご》ひとつだ。こどもが拾ったかもしれない。なくなる理由なんて、いくらでもあるさ。卵一個《こ》に何の価値《かち》がある？　神は、すべてお見通しじゃ。神を汚《けが》す言葉を使う者がいたら、間違《まちが》っているといってやれ。正しい言葉を教えてやれ。そうじゃ、喧嘩《けんか》もあるさ。人間は罪深《つみぶか》いからな。いいか、仲直りして、すべて水に流せ。怨《うら》んだら、もっと、もっと悪くなる」

若い者は年寄《としよ》りのいうことを聞かない。年寄りが何も知らずに老人くさい小言をブツブツいっているにすぎない、と思うだけ。

イワンは、隣人《りんじん》に訴《うった》えられても、一歩も引かない。

「おれは、奴《やつ》のひげなど抜いていないぞ。きっと自分で痛《いた》いのを我慢《がまん》して、こっそり抜いたのに違いない。それより、奴のせがれは、おれのシャツを引き裂《さ》いた。この布切《ぬのき》れが証拠《しょうこ》だ」

そういって、イワンも出廷《しゅってい》した。審議《しんぎ》は簡易裁判所《かんいさいばんしょ》でも地方裁判所でも開かれた。裁判《さいばん》が続いている間に、ガブリロの馬車の軸《じく》ボルトが紛失《ふんしつ》する事件《じけん》が起こった。ガブリロの女房《にょうぼう》は、イワンの息子を窃盗容疑《せっとうようぎ》で訴《うった》えた。

「わたしゃね、見たんだよ。真夜中に、うちの窓《まど》の外で、あいつが馬車の方へ忍《しの》び寄《よ》るのを。村のおばさんに聞いたら、あいつは酒場に現《あらわ》れて、このボルトで一杯《いっぱい》飲ませろって店の亭主《ていしゅ》に叫《さけ》んでいたそうだよ」

あらためて裁判《さいばん》が開かれた。家の方では毎日のように、いいあい、つかみあい。こどもたちまでが大人の真似《まね》をして喧嘩《けんか》する。女たちは、川で出会うと、洗濯板《せんたくいた》をぶつけあう、言葉もぶつけあう。もちろんすべて汚《きたな》い言葉。

初めは罪《つみ》のなすりつけあいだったが、とうとう実際《じっさい》の行動に及《およ》ぶようになる。置き忘《わす》れたものがあれば、こっそり持ってきてしまう。女たちもこどもたちも、それが習性《しゅうせい》になる。どちらの家族の暮《く》らしも、どんどん悪くなる。村民イワン対村民ガブリロの裁判は、村民集会でも、簡易裁判所《かんいさいばんしょ》でも、地方裁判所《ちほうさいばんしょ》でも行われ、判事《はんじ》たちはうんざり。イワンが勝って、ガブリロに罰金《ばっきん》や禁固《きんこ》がいい渡《わた》されることもあれば、その逆《ぎゃく》も。

たがいに罪を負わせれば負わせるほど、憎《にく》しみが増《ま》す。まるで犬の喧嘩。かみつき合うほどに凶暴《きょうぼう》になる。犬はうしろから誰《だれ》かに蹴《け》られても、喧嘩相手にかまれたと思い、さらに激《はげ》しく攻撃《こうげき》する。隣同士《となりどうし》の反目も同様。事あれば、すぐに告訴《こくそ》で、どちらかに罰金や逮捕《たいほ》の判決《はんけつ》が出ると、そのたびに、たがいの敵対心《てきたいしん》の火がさらに燃《も》え盛《さか》る。

「今に見ていろ、そっくりお返ししてやるぞ」この繰《く》り返しが六年も続いた。ペチカの上の老人だけが同じことをひたすらいい続けた。老人は和解《わかい》を促《うなが》す。

「せがれたちよ、何をしとる？　勝った、負けた、と騒《さわ》ぐのをやめなさい。それより、早く手を打ちなされ、まだ間に合う。憎しみを消せば、すべてよくなる。憎めば憎むほど、憎しみは増すぞ」

年寄《としよ》りのいうことに耳を貸《か》す者はいなかった。

さらなる事件《じけん》が七年目に起こった。ある婚礼《こんれい》の席、公衆《こうしゅう》の面前で、イワンの息子の嫁《よめ》がガブリロに恥《はじ》をかかせた。馬泥棒《どろぼう》の現場《げんば》を見た、といったのだ。酒に酔《よ》っていたガブリロは、怒《いか》りを抑《おさ》えきれず、嫁《よめ》を殴《なぐ》った。そのせいで、嫁は一週間寝込《ねこ》む。

しかも、嫁は身重だった。

イワンは喜び勇んで、予審判事《よしんはんじ》に訴状《そじょう》を出した。「しめた、よい機会だ。これで隣《となり》と縁《えん》が切れる。あいつを懲役刑《ちょうえきけい》かシベリア流刑《るけい》にしてやれる」

ところが、事は思い通りに運ばない。証人尋問《しょうにんじんもん》しようとすると、嫁はすでに元気で、傷跡《きずあと》ひとつ残っていない。イワンの訴状は地方裁判所《ちほうさいばんしょ》へ回された。そこでイワンは、お役人対策《たいさく》。裁判長《さいばんちょう》や書記に甘《あま》い汁《しる》をたっぷりすわせる。そのかいあって、ガブリロに対しむち打ちの刑《けい》を勝ち取る。法廷《ほうてい》でガブリロに判決《はんけつ》がいい渡《わた》された。

書記が読み上げる。「当法廷は、農業に従事《じゅうじ》する村民ガブリロを、役人立会いの下でのむち打ち二十回の刑に処《しょ》する」

判決を聞いたイワンがガブリロを見る。さあ、どうだ？　ガブリロの顔はシーツのように真っ白。ガブリロは、そのまま法廷を出ていく。イワンも後を追うように、乗ってきた馬の方へ歩く。すると、ガブリロの声が聞こえてきた。

「おれの背中《せなか》の皮を破《やぶ》りたいなら、破ればいいさ。焼けるように熱いだろう。それですむと思うなよ。もっと熱い目にあわせてやる。奴《やつ》を燃《も》やしてやる」

これを耳にしたイワンは、判事たちのもとへ取って返した。

「裁判官様《さいばんかんさま》！　奴に放火してやると脅《おど》されました。脅迫《きょうはく》です。他に聞いた証人もいます」

ガブリロが呼《よ》び戻《もど》される。

「本当に、そんなことをいったのか？」

「いっていません。どうぞ、むちで打ってください。お上には逆《さか》らいません。罪《つみ》もないのに苦しむのはわたしだけ。あいつにゃ、何でも許《ゆる》される」

ガブリロは、まだ何かいい足らなそうだった。唇《くちびる》と頬《ほほ》が震《ふる》えていた。壁《かべ》に向かい、背中だけを見せる。その姿《すがた》を見て、判事たちも恐怖《きょうふ》に襲《おそ》われる。相手の身か自分の身に何かよくないことを企《たくら》んでいるように見える。

裁判長が口を開く。

「どうかな、諸君《しょくん》、厳《きび》しすぎたかもしれん。おい、ガブリロ君、きみは身重の女性《じょせい》を殴《なぐ》った。それはよいことかな？　よいことなら、どんな罪《つみ》を犯《おか》しても、神に許《ゆる》されることになる。よいことかな？　そうではないだろう。そちらの原告の男に謝《あやま》りなさい、許しを請《こ》いなさい。彼《かれ》は許してくれます。我々《われわれ》は判決《はんけつ》を書き換《か》えます」

裁判長《さいばんちょう》の言葉を聞いた書記が口をはさむ。

「いけません。法律《ほうりつ》の第一一七条《じょう》により、示談《じだん》は成立しません。判決は最終決定です。実行されなければいけません」

裁判長は書記の口を封《ふう》じる。

「黙《だま》りなさい。余計《よけい》なことをいわなくてよい。法律には、基本《きほん》となる第一条があるのだ。神の心に従《したが》うべし。神は和解《わかい》を命じておられる」

裁判長は両者に対しあらためて和解を提案《ていあん》したが、受け入れられない。とくに、ガブリロが折れない。

「わたしは来年で五十歳《さい》になります。息子は成人して、嫁《よめ》もいます。生まれて五十年、わたしは一度もむち打たれたことなどありません。ところが、このイワンの野《や》郎《ろう》のせいで、むち打ちの刑《けい》になります。こいつに頭を下げろっていうんですか？冗談《じょうだん》じゃない……。やい、イワン、おまえも覚えておけ！」

ガブリロの声が震《ふる》え出した。それ以上何もいえず、ガブリロは、背《せ》を向けて、法《ほう》廷《てい》を出ていった。

裁判所《さいばんしょ》のある町から家まで約十キロ。イワンの帰宅《きたく》は遅《おそ》かった。女たちは、牛を迎《むか》えに外に出ている。イワンは、馬の鞍《くら》を外し、上着のほこりを払《はら》い、家に入る。中には誰《だれ》もいない。息子たちは畑仕事から戻《もど》っていない。女たちもまだ外。部屋に入ったイワンは、長椅子《ながいす》に腰《こし》を下ろし、考えこむ。ガブリロに判決がいい渡《わた》された場面、彼の白い顔、壁《かべ》に向かってこちらに見せた背中《せなか》、それらがよみがえる。心が乱《みだ》れる。自分の身に置き換えてみる、むち打ちの刑を宣告《せんこく》されたら……。ガブリロに同情心《どうじょうしん》がわく。誰もいないと思った部屋で、咳払《せきばら》いが聞こえた。ペチカの上の老人が身をよじり、足をぶら下げるようにして、ペチカからずり下りる。老人は床《ゆか》を這《は》い、長椅子にたどり着き、腰《こし》を下ろす。そこまでに力を使い果たした老人は、激《はげ》しく咳《せ》き込《こ》む。ようやく、痰《たん》が切れると、食卓《しょくたく》にもたれかかるようにして、話し始めた。

「どうじゃった、判決《はんけつ》は出たか？」

イワンが答える。

「むち打ち二十回」

老人が首を振《ふ》る。

「いかん、いかんぞ、イワン、おまえのやり方は。最悪じゃ！　あいつにとってじゃない、おまえにとって最悪じゃ。いいか、あいつの背中《せなか》が切り裂《さ》かれる。それでおまえの気が晴れるのか？」

「これで終わりにできる」

「何じゃと、何の終わりだ？　だいたい、あいつとおまえと、どちらが悪い？　あいつが何をした？」

イワンがいい返す。

「あいつの悪事なら、山ほどある。嫁《よめ》を半殺しにしたじゃないか。今度は、火をつけるぞって脅《おど》しをかけてきた。そんな奴《やつ》よりおれの方が悪いから謝《あやま》れっていうのか？」

老人はため息をつく。

「イワンよ、おまえはこの世を自由に歩き回り、馬を乗り回しているじゃないか。わしはな、もう何年もペチカの上で寝《ね》っぱなしじゃ。おまえはすべてを見ている、知っている、年寄《としよ》りのわしは何も知らん、と思っているに違《ちが》いない。そうじゃないのだ、せがれよ、おまえには何も見えとらん。憎《にく》しみで目がふさがれている。他人の罪《つみ》ばかり見て、自分の罪から目をそらしておる。何といった、あいつが悪事を働いているって？　あいつだけが悪いのなら、憎み合いにはならん。片方《かたほう》が悪いだけで、人と人の間に憎しみがわくと思うか？　喧嘩《けんか》両成敗というだろう。相手の悪は見えるが、自分の悪は見えん。あいつだけが悪人で、おまえが善人《ぜんにん》だったら、憎み合いにはならん。あいつのひげを引き抜《ぬ》いたのは誰《だれ》じゃ？　このごろ税《ぜい》が高くなったのもあいつのせいか？　裁判所《さいばんしょ》から裁判所へあいつを引きずり回したのは誰じゃ？　何もかもあいつのせいか？　自業自得なのに、他人さまのせいにする。せがれや、昔はそうじゃなかった。おまえたちをそんな風に育てた覚えはない。あいつの親父さんとわしの仲はよかった。どんな付き合いだったか？　お隣《となり》さん同士、家族ぐるみっていうやつさ。お隣さんの麦粉が底をつくとな、嫁《よめ》さんがやってきて、おじさん、粉貸《か》して！っていうから、わしは、倉庫へ行って、好きなだけ持っていけ、と答えたものじゃ。隣の家で、馬の放牧の番をする者がいないときは、イワン、おまえに命じたじゃないか。すぐ行って、馬を見てやれ、と。こっちで何か足りないときには、お隣さんに頼《たの》みにいく。ゴルデイじいさん、アレ貸して、コレ貸してっていうと、すぐに、ほら、持っていけって、いつもそんな具合だった。お前たちこども同士も仲よくしとったぞ。それが今ではどうなってしまった？　この前、プレブナの激戦《げきせん》の生き残りの話を聞いたが、お前たちの戦争は、あのロシア対トルコの長期戦を上回る泥仕合《どろじあい》じゃ。こんなことでよいのか？　間違《まちが》っとる！　おまえは大の男、この家の大黒柱だ。おまえにすべてがかかっている。それなのに、女たち、こどもたちに何を教えているのじゃ？　闘犬《とうけん》になれとでも教えているのか？　末っ子のタラスカがどうなったか知っているか？　まだ半人前のくせに、隣のおばさんに聞くにたえぬ言葉を浴びせておった。母親の真似《まね》をしたのだろう。母親も母親じゃ。そんなタラスカを見て、笑っておった。こんなことでよいのか？　おまえの責任《せきにん》だぞ！　人の心を考えたら、ありえんことじゃ。相手がひとことといったら、こちらはふたこと返す。一発殴《なぐ》られたら、二発返す。それじゃダメだ、せがれよ。キリストさまは、地上に現《あらわ》れて、わしら愚《おろ》か者たちに何と教えてくださった。悪しきことをいわれたら、沈黙《ちんもく》を返せ。すると、いった者の良心が痛《いた》むであろう。息子よ、これが主の教えじゃ。頬《ほお》を打たれたら、もう片方《かたほう》を差し出し、打ちなさい、わたしにはそうされるわけがある、といえ。すると、相手の良心が痛む。相手は心を静め、汝《なんじ》の言葉に耳を傾《かたむ》けるであろう。息子よ、これが主の教えじゃ。高慢《こうまん》になってはいかん。なぜ黙《だま》っている？　わしが間違《まちが》っているか？」

イワンは黙っている。ただ、聞いている。

老人は咳《せき》をして、苦し気に痰《たん》を吐《は》き、話を続ける。

「よく考えろ。キリストさまが間違《まちが》ったことを教えなさるか？　わしらのことを思っての、正義《せいぎ》のための教えだぞ。お前自身の、この世での暮《く》らしを考えてみろ。あのプレブナでの戦が始まった頃《ころ》と比《くら》べて、おまえの暮らしはよくなったか、悪くなったか？　数えてみろ。裁判沙汰《さいばんざた》に何日使った、遠くの役場へ何度馬を走らせた、何度外で飯を食った？　おまえの息子たちは、巣立ちを終え、立派《りっぱ》な鳥になったぞ。おまえもそろそろ高みの見物の歳《とし》じゃ。なのに、財産《ざいさん》が増《ふ》えるどころか、借金まみれじゃないか。それがなぜか、何のせいかわかっているのか？　おまえの高慢《こうまん》のせいじゃ。おまえのやるべきことは、こどもらといっしょに畑へ行って、自分で種をまくことじゃ。ところが、おまえの邪心《じゃしん》が、おまえを木端《こっぱ》役人や判事《はんじ》のもとへ引っ張《ば》りだす。畑仕事は、そっちのけ。耕《たがや》す時期に耕さず、まく時期にまかず。母牛は子を産まず、カラスムギは穂《ほ》をつけず。だいたい最後に種をまいたのはいつじゃ？

町まで行って、裁判《さいばん》やって、どうなった。自分で自分の首を絞《し》めている。せがれや、自分の本業を思い出せ。こどもといっしょに、畑でも家でも働け。誰《だれ》かに悪さをされたら、神に免《めん》じて許《ゆる》してやれ。晴れ晴れとした気分で仕事に励《はげ》めるぞ。心が軽くなるぞ」

イワンは黙ったまま。

「どうした、イワン！　年寄《としよ》りのいうことをよく聞け。もう一度馬に鞍《くら》をつけて、今来た道を戻《もど》れ。役所に行ってこれまでの訴《うった》えをすべて取り下げてこい。明日、朝になったら、ガブリロの所へ行って、神に免じてすべてを許す、仲直りしよう、というのじゃ。そして、この家へ呼《よ》べばいい。明日は聖母生誕祭《せいぼせいたんさい》の前日。ちょうど祭りじゃないか。食卓《しょくたく》に紅茶《こうちゃ》と酒の用意をし、すべての罪《つみ》を水に流し今後の平安を祈《いの》る、といって、乾杯《かんぱい》するのじゃ。女たち、こどもたちにも誓《ちか》わせるのじゃ」

老人が息を継《つ》ぐ。イワンもほっと息を吐く。（年寄りのいうことは正しい）イワンの胸《むね》のつかえが下りた。ただ、実際《じっさい》にどうしたらよいのか、どうしたら和解《わかい》できるのか、それがイワンにはわからない。

それを察した老人が再《ふたた》び口を開く。

「イワン、先延《さきの》ばしにするな。火は早いうちに消せ、燃《も》え広がったら、手が付けられんぞ」

老人は、まだ何かいいたくて、話を続けようとしたが、ちょうどその時、女たちが帰ってきた。部屋に入るや、カササギのようにけたたましくさえずり始める。すでに、女たちにも知らせは届《とど》いていた。ガブリロにむち打ちの刑《けい》がいい渡《わた》されたことも、そのガブリロが放火すると脅《おど》したことも、耳に入っていた。女たちは、余《あま》すところなく知ったうえで、さらに自分の想像《そうぞう》を付け加える。イワン家の嫁《よめ》と姑《しゅうとめ》は、ガブリロ家の女たちと、すでに放牧場でののしり合いを一戦交えてきた。ふたりがいうには、ガブリロの息子の嫁は、裁判長《さいばんちょう》の話を持ち出したらしい。裁判長はガブリロに救いの手を差し出し、判決《はんけつ》を逆転《ぎゃくてん》させようとしている、という。また、村の教師《きょうし》も味方につけた、という。教師は、なんと直接皇帝陛下《ちょくせつこうていへいか》あてに、イワンに対する告訴状《こくそじょう》を書いていているらしい。その中で、すべてを暴《あば》き立てていているらしい。車輪のボルトの事も、両家の境界《きょうかい》争いの事も、イワンが勝訴《しょうそ》に乗じて、ガブリロの土地半分を乗っ取ろうとしていることも。この言いがかりを聞き、イワンの心は再び凍《こお》りついた。ガブリロと和解しようという気持ちがどこかへ吹き飛《ふ》んでしまった。

農家の主人には山ほど仕事がある。イワンは、女たちのおしゃべりに加わらない。立ち上がり、住まいの外に出る。穀物庫《こくもつこ》へ、次に納屋《なや》へ行く。掃除《そうじ》をすませ、中庭に戻《もど》る。その間に、陽は沈《しず》む。息子たちが畑から帰る。彼《かれ》らは冬を前に春まき麦の畑を耕《たがや》してきた。イワンは、彼らを迎《むか》え、仕事の進み具合を聞き、農具の片《かた》づけを手伝い、壊《こわ》れた馬の首輪を修理《しゅうり》のために脇《わき》へ置く。畑の柵《さく》用の丸太を納屋の軒下《のきした》に立てかけようとする頃《ころ》には、すでに空は闇《やみ》に包まれていた。イワンは、丸太の片づけを明日にして、牛に餌《えさ》をやり、門を開けて、馬たちを道へ出す。三男のタラスカが夜中に馬たちを放牧場へ連れていくことになっている。あらためて門を閉《と》じ、その隙間《すきま》を板でふさぐ。

「さあ、やっと飯だ。後は寝《ね》るだけ」壊《こわ》れた首輪をつかみ、母屋に向かう。

ひと通り体を動かすうちに、イワンは忘《わす》れた。ガブリロのことも、父親にいわれたことも。

ただ、首輪を握《にぎ》って、家の敷居《しきい》をまたいだ時に、垣根《かきね》の向こうから、声が聞こえてきた。ガブリロのガラガラ声。誰《だれ》かを罵《ののし》っている。「悪魔《あくま》め！　殺してやる！」

誰かに向けた、呪《のろ》いの言葉。

この言葉を聞くや、イワンの心に、消したはずの隣人《りんじん》への怒《いか》りが完全によみがえった。イワンは足を止め、ガブリロの怒号《どごう》が続く間、じっと聞いていた。ガブリロの声がおさまると、イワンもようやく家へ入った。

ロウソクが灯された家の中は明るい。若《わか》い嫁《よめ》は部屋の隅《すみ》で糸を紡《つむ》いでいる。イワンの女房《にょうぼう》は夕食の用意、長男はわら草履《ぞうり》を編《あ》み、次男は食卓《しょくたく》で本を読む。タラスカは夜中の放牧に出かける身支度《みじたく》をしている。

農家の夜は一家団《だん》らん。家族全員の気がかりは、たったひとつ――嫌《いや》なお隣《となり》さん。

イワンは、部屋に入ると、腹立《はらだ》ちまぎれに猫《ねこ》を椅子《いす》から追い払《はら》い、手洗《あら》い桶《おけ》がいつもの場所にない、と女たちを叱《しか》る。暗い気分になり、顔をしかめ、馬の首輪の修《しゅう》理《り》を始める。

イワンの頭からガブリロの言葉が離《はな》れない。法廷《ほうてい》での脅《おど》し文句《もんく》、今しがた聞こえたガラガラ声の呪い文句。「殺してやる！」

タラスカは母親が用意した夕食を食べ、毛皮の上着の上にカフタンを重ね着し、ベルトを締《し》め、夜食のパンを受け取って、外の道で待つ馬たちのもとへ出ていく。上の兄が弟を見送ろうと立ち上がったが、それを抑《おさ》え、イワン自身が玄関《げんかん》へ出た。

外は真っ暗。空に黒い雨雲が広がり、風も強まっている。イワンは庭へ下り、息子を馬にまたがらせ、出発させる。後をついていけと子馬の尻《しり》を叩《たた》く。そのままたたずみ、目を凝《こ》らし、耳をそばだてる。タラスカは、村の道を下り、仲間の若者《わかもの》たちと合流する。それが合図のように、蹄《ひづめ》の音がイワンの耳から消える。イワンは門の脇《わき》にそのまま立ち続ける。ガブリロの言葉が頭から離《はな》れない。「おれの背中《せなか》より熱い思いをさせてやる！」
イワンは考える。（あいつは破《やぶ》れかぶれだ。日照り続きで、風も強い。裏《うら》から回って、火を放り込《こ》む。前にもあった。あの時の放火犯《ほうかはん》は無罪《むざい》になってしまった。現場《げんば》を押《お》さえなければいけない、現行犯《げんこうはん》なら逃《に》げられない！）
この考えが頭にひらめくと、イワンは、玄関《げんかん》に戻《もど》らず、真っ直ぐ門をぬけて道へ出て、直角に向きを変える。（うちの土地をひと回りしよう。用心するにこしたことはない）
足音を潜《ひそ》め、イワンは門に沿《そ》って歩き出した。垣根《かきね》で囲まれた敷地《しきち》の隅《すみ》、納屋《なや》の角を曲がったとたん、もうひとつ奥《おく》の角のあたりで何かが揺《ゆ》れ動いた。誰《だれ》かが顔を出して、すぐに引っ込めたようにも見えた。イワンは足を止め、音を消す。聞き耳を立て、目を凝《こ》らす。全く静か。風だけが木の枝《えだ》の葉をかすめ、わらに当たる。闇《やみ》が深いので、目に力を籠《こ》め、何とか物の姿《すがた》をとらえようとする。納屋の側面全体が見えた。壁《かべ》に立てかけたスキ、屋根のひさし。足を止めたまま、じっと見る。（誰

してておこう）

もいない）イワンは考える。（気のせいかもしれない。しかし、念のためひと回り

納屋に沿って、忍《しの》び足で進む。わらの草履《ぞうり》をはいた足で静かに歩くと、足音は歩く本人にさえ聞こえない。次の角まで来て、先を見ると、スキの陰《かげ》に白いものが動き、すぐまた消えた。心臓《しんぞう》が止まりそうになり、イワンは立ち止まる。足を止めたとたん、白いものが消えたその同じ場所で、何かが明るく光った。その光の中で、人の姿がはっきり見えた。イワンに背《せ》を向けて、しゃがみこんでいる。帽子《ぼうし》を被《かぶ》っている。両手で抱《かか》えたわら束が燃《も》え上がろうとしている。イワンの心臓の鼓動《こどう》が激《はげ》しくなる。胸《むね》の中で鳥が羽ばたいているようだ。イワンは全身を緊張《きんちょう》させ、大股《おおまた》で前へ進む。もう足音など気にしない。（逃がさないぞ、犯行《はんこう》現場で取り抑《おさ》えてやる）イワンが一歩進み、二歩めを下ろそうとした、その時、突然《とつぜん》あたり一面、陽に照らされたように明るくなる。もう、先ほどの場所でも、小さな火でもない。納屋の軒下《のきした》のわらが大きな炎《ほのお》となって燃《も》え上がる。炎の先は屋根に届《とど》こうとしている。ガブリ

ロが立っている。全身がはっきり見える。

ひばりを襲《おそ》う鷹《たか》のように、イワンはガブリロに飛びかかろうとする。（縛《しば》り上げてやる。ぜったい逃《に》がさない！）足音に気がついたのか、後ろを振《ふ》り向いたガブリロは、予期せぬ敏捷《びんしょう》さを発揮《はっき》して、脱兎《だっと》のごとく、ピョーンッと飛び退《の》き、納屋《なや》に沿《そ》って逃げようとする。

「待て！」と叫《さけ》び、イワンは、後ろから襲いかかって、襟首《えりくび》をつかみかけたが、ガブリロはその手をすり抜《ぬ》ける。イワンは必死になって、ガブリロの上着の裾《すそ》をつかむ。裾が破《やぶ》れ、イワンは転倒《てんとう》する。イワンは、飛び起きて、助けを呼《よ》ぶ。「そいつを捕《つか》まえてくれ！」——そして、再《ふたた》び駆《か》け出す。

イワンが倒《たお》れて起きた、その隙《すき》に、ガブリロは自宅《じたく》の庭に逃げ込《こ》んでしまった。

しかし、居場所《いばしょ》はわかった、今度こそ捕まえてやる、と思ったその時、イワンの頭にガーンッと強い衝撃《しょうげき》。後頭部を石で殴《なぐ》られたのか。いや、石ではなく樫《かし》の木の杭《くい》。ガブリロが庭で見つけた杭で、追いかけてきたイワンの頭を力任《ちからまか》せに打ったのだ。

イワンは、気が遠くなる。目から火花がでたと思うと、すぐに目の前が暗くなる。イワンは倒れた。意識《いしき》を取り戻《もど》して、目を開ける。ガブリロの姿《すがた》はないが、あたりは昼間のように明るい。イワンの家の方から、自動車が走っているような轟音《ごうおん》が聞こえる。パチパチと何かが弾《はじ》ける音もする。イワンは、後ろを振り向く。自宅の裏《うら》の納屋が炎に包まれている。もうひとつの納屋にも火は燃え移《うつ》っている。火も、煙《けむり》も、煙を上げるわらくずも、母屋に迫《せま》っている。

「ああ、おれはなんて馬鹿《ばか》なんだ！」とイワンは叫ぶ。両手を突《つ》き出し、自分の腿《もも》をバチンッと打つ。「軒下に手を突っ込んで、わら束を取り出して、踏《ふ》みつけて火を消せば、それですんだのに。ああ、おれはなんて馬鹿なんだ！」、イワンは、繰《く》り返し嘆《なげ》いた。

大声で叫びたかったが、息ができない、声が出ない。走りたかったが、足が動かない、動かすと絡《から》まる。それでも、一歩一歩身をゆすりながら進む。また、息が詰《つ》まる。立ち止まり、呼吸《こきゅう》を整え、歩を進める。最初に火がついた納屋《なや》の先の、激《はげ》しい炎《ほのお》に近づくと、今まさにふたつめの納屋が炎上《えんじょう》している。炎の舌先《したさき》は母屋の角に届《とど》きそう。ついに、母屋から火が出る。中庭には入れない。村人が大勢《おおぜい》集まってくるが、手の施《ほどこ》しようがない。近隣《きんりん》の農家は、家財《かざい》を運び出し、家畜《かちく》を外へ逃《に》がす。火は、イワンの家からガブリロの家へ移《うつ》る。風が強まり、道の向こうまで飛び火する。村の半分が焼失した。

イワンの家では、老父が運び出され、ほかの家族は自力で、着の身着のまま、何とか脱出《だっしゅつ》、中の物はすべて残したまま。夜の放牧に出ていた馬たちは無事だったが、牛は牛舎《ぎゅうしゃ》で、鶏《にわとり》は鶏舎《けいしゃ》で、みな焼け死んだ。馬車も、スキも、クワも、女たちの衣装箱《いしょうばこ》も、穀物庫《こくもつこ》の麦も、すべて焼けてしまった。

隣《となり》のガブリロは、家畜を逃がすことができた。家財も一部運び出せた。

火事はひと晩《ばん》中続いた。イワンは自宅《じたく》の庭先に立ち、家が燃《も》える様子を見ながら、ずっとつぶやき続けた。「ああ、おれはなんて馬鹿《ばか》だ！　火をつかみだして、踏《ふ》み消せば、それですんだのに」

しかし、母屋の天井《てんじょう》が崩《くず》れ落ちると、イワンは火の中に飛び込《こ》み、焼け焦《こ》げた丸太を一本つかみ、火から引きずり出した。さらに、もう一本引き出そうとして、ガクッとひざをつき、火の中に倒《たお》れ込んだ。後を追ってきた息子がイワンを助け出した。イワンのひげも髪《かみ》の毛も焼けてしまった。衣服も焼け、片方《かたほう》の手にひどい火傷《やけど》を負ったが、イワンは痛《いた》みを全く感じていなかった。

「悲しみで頭が狂《くる》っちまった」と村人たちはいいあった。ようやく火の気がおさまってきた。

それでもイワンは立ちっぱなしで、つぶやいていた。「なんて馬鹿だ！　つかみだすんだった」

明け方、村長の息子が、使いとして、イワンを呼《よ》びにやってきた。

「イワンおじさん、あなたの親が死にそうです。会いたいから呼んできてほしい、といっています」

イワンは父親のことを忘《わす》れていた。この若者《わかもの》の話が理解《りかい》できない。

「親だって？　誰《だれ》を呼《よ》べって？」

「あなたを呼んでいます。別れを告げたいそうです。うちの母屋で死にかけています。イワンおじさん、行きましょう」といって、若者はイワンの手を引いた。

村長の息子に促《うなが》されて、イワンは歩き出した。

イワンの家の老人は、運び出される際《さい》、燃《も》えるわらの下敷《したじ》きになり、大火傷《おおやけど》を負ってしまった。老人は村長の家に運び込《こ》まれた。村長の家は村の反対側にあったので、火災《かさい》を免《まぬが》れていた。

イワンが到着《とうちゃく》すると、家の中には村長夫人。他には、小さいこどもたちがペチカに座《すわ》って、足をブラブラさせている。家の者はみな火災現場《げんば》へ出ているらしい。老人は長椅子《ながいす》に寝《ね》かされていた。片手《かたて》にロウソクを持ち、入り口の方を向いている。息子の姿《すがた》を見ると、老人は体をかすかに動かした。夫人が顔をよせ、息子が来たことを告げる。老人は、もっと近くに呼んでほしい、と頼《たの》む。イワンが近づく。そこで、老人は口を開いた。

「イワン、わしがいった通りだろう。答えてみろ、誰が村を焼いちまった？」

イワンが答える。

「あいつだよ、お父っつぁん。おれはこの目で見たんだ。おれの目の前で、あいつは納屋《なや》に火を投げ込んだんだよ。おれは、火のついたわらをつかみだして、火を踏《ふ》み消してしまえばよかったんだ。そうすれば、何もなかったんだ」

「イワン、わしはすぐ死ぬ。お前もいつかは死ぬ。神に罪《つみ》を告白すべきは誰じゃ？」

イワンは、父親をじっと見つめたまま、口を開かない。何も答えられない。

「神に何という？　誰の罪じゃ？　わしのいったことを覚えているか？」

ようやく、イワンは気がついた。父のいったこと、そのすべてを思い出した。

「親父さま！」と、イワンは、鼻をすすり、叫《さけ》んだ。そして、父の枕元《まくらもと》に跪《ひざまず》き、涙《なみだ》を流し始めた。「親父さま、お許《ゆる》しください。あなたにも、神様にも、おれは申し訳《わけ》ないことをしてしまった」

老人は、両手を動かした。ロウソクを左手に持ち替《か》え、右手の指先を額《ひたい》に当てる。

十字を切ろうとしているのだが、手が動かず、途中《とちゅう》で止まってしまう。

「栄光あれ、栄光あれ、主よ、御身《おんみ》に栄光あれ！」

十字は切れなかったが、神に祈《いの》り、老人は息子へ目を向ける。

「イワン！　イワン！」

「何だい、親父さま」

「これからどうする？」

「どうしたらよいだろう」

イワンは泣きやまない。

「わからないよ、親父さま。どうすりゃいいのさ、親父さま」

老人は、目を閉《と》じ、わずかに残った力をためるように、唇《くちびる》をギュッと結ぶ。そして、目を開け、言葉を絞《しぼ》り出す。

「生きていけ、神とともに生きていくのじゃ。長く生きられるだろう」

老人は再《ふたた》び黙《だま》り、顔に微笑《ほほえ》みを浮《う》かべ、口を開く。

「いいか、イワン、誰《だれ》が火をつけたか、誰にもいうでないぞ。ひとの罪《つみ》は隠《かく》せ。さすれば、神は両者を許《ゆる》す」

老人は、ロウソクを両手で持ち、胸《むね》にあてる。息を吐《は》き、足を伸《の》ばし、そして、死んだ。

イワンはガブリロを訴《うった》えなかった。――火事の原因《げんいん》は結局わからずじまいだった。イワンのガブリロに対する敵意《てきい》は消えた。ガブリロは、イワンが自分について何も口にしないことに驚《おどろ》き、最初はイワンを恐《おそ》れたが、やがて、それにも慣《な》れた。農夫ふたりは争いをやめた。家族も争いをやめた。焼け跡《あと》の整理が続く間、両家族は同じ一軒《けん》の農家に仮《かり》住まいした。村の復興《ふっこう》が終わると、各農家に前より広い土地が割《わ》り当てられたが、イワンとガブリロは再び垣根《かきね》ひとつをはさむ隣同士《となりどうし》になった。

イワンとガブリロは先代たちと同様の近所付き合いに戻《もど》った。農家の主人イワンは、父親の遺訓《いくん》と神の教え、「まずは、火を消せ」をけして忘《わす》れなかった。誰《だれ》かが彼《かれ》に悪しき行いをしても、その者に報復《ほうふく》しようとは思わなくなった。行いを正すことを選んだ。誰かが彼に悪しき言葉をいっても、さらに悪しき言葉を返そうとは思わなくなった。悪しき言葉を使わぬように諭《さと》すことを選んだ。女たちにもこどもたちにも同じように諭した。

こうして、ある村のある農家の主人イワンは、善人《ぜんにん》となり、以前よりよい暮《く》らしをするようになった。

三びきのクマ

Три медведя

女の子がひとりで森にやってきました。

家から遠い森のおくまで入りこんだ女の子は、道に迷《まよ》ってしまいます。帰り道をさがしても、見つかりません。

かわりに見つけたのが森の中の一軒家《いっけんや》、丸木でできた小屋でした。

ドアにかぎがかかっていません。

女の子は、そっと中をのぞいてみます。だれもいないようなので、小屋の中へ入りました。

この丸木小屋には、三びきのクマが住んでいます。

一ぴきめは、お父さん。森の仲間から「イワンのむすこのミハイルさん」と呼《よ》ばれています。毛がフサフサの大きなクマです。

二ひきめは、お母さん。中ぐらいのクマです。森の仲間から「ピョートルのむすめのナスターシャさん」と呼ばれています。

三びきめは、幼《おさな》い子グマ。みんなから「ミーシャくん」と呼ばれています。

三びきのクマは、そのとき小屋を留守《るす》にして、森へ散歩に出かけていました。

小屋の中には、部屋がふたつ。

女の子は、最初の部屋のテーブルの上にスープの入ったお皿がみっつ並《なら》んでいるのを見つけます。

ひとつめは、大きなお皿。ミハイルさんのスープです。ふたつめは、中ぐらい。ナスターシャさんのスープです。みっつめは、小さな青いお皿。ミーシャくんのスープです。それぞれのお皿の横に、大中小のスプーンがきちんとおいてあります。

女の子は、大きなスプーンを手にとって、大皿のスープをひと口飲みました。

つぎに、中ぐらいのスプーンを手にとって、中皿のスープをひと口飲みました。

つぎに、小さいスプーンを手にとって、小さな青いお皿のスープをひと口飲みました。

女の子は、最後のミーシャくんのスープがいちばん気に入りました。

女の子は、イスにすわりたくなりました。テーブルのまわりに、イスがみっつあります。

大きなイスは、ミハイルさんのイス。中ぐらいのイスは、ナスターシャさんのイス。青い座布団《ざぶとん》がのった小さなイスは、ミーシャくんのイスです。

女の子は、大きなイスによじ登ろうとして、転げ落ちてしまいます。

つぎに、中ぐらいのイスにすわってみますが、すわり心地がよくありません。

つぎに、小さなイスにすわってみます。女の子は、クスクス笑ってしまいました。それほどピッタリ、まるで自分のイスみたい。

女の子は、小さな青いお皿をひざにのせて、スープを飲みはじめました。

スープでおなかがいっぱいになった女の子は、イスをブラブラこいで遊びます。

ボキッとイスの脚《あし》が折れて、女の子は、イスごと床《ゆか》に倒《たお》れてしまいます。

起き上がり、イスをそっともとに戻《もど》して、おくの部屋に入ってみます。

部屋の中には、ベッドがみっつ。

ひとつめの大きなベッドは、ミハイルさんのベッド。ふたつめの中ぐらいのベッドは、ナスターシャさんのベッド。みっつめがミーシャくんのベッド。

女の子は、大きなベッドに寝《ね》てみます。こどもには広すぎます。

中ぐらいのベッドに寝てみます。こどもには高すぎます。

小さなベッドに寝てみます。こども用で、広さも高さもピッタリです。

女の子は、そのまま眠《ねむ》ってしまいました。

おなかをすかせた三びきのクマが丸木小屋に帰ってきました。

さあ、お昼ごはんです。

大きなクマが大きなスープ皿をのぞきこみ、ほえました。恐《おそ》ろしい大声です。

「だれだ？　わしのスープを飲んだのは」

ナスターシャさんが自分のスープ皿を見て、うなりました。中ぐらいの声です。

「だれなの？　わたしのスープを飲んだのは」

ミーシャくんは、自分のカラッポのスープ皿を見て、泣き出しました。細くて高い声です。

「だれ？　ぼくのスープをぜんぶ飲んじゃったのは」

ミハイルさんが自分のイスを見て、ほえました。恐《おそ》ろしい大声で。

「だれだ？　わしのイスにすわって、動かしたのは」

ナスターシャさんが自分のイスを見て、うなりました。中ぐらいの声で。

「だれなの？　わたしのイスにすわって、動かしたのは」

ミーシャくんが自分のこわれたイスを見て、泣きました。さらに声を高くして。

「だれ？　ぼくのイスにすわって、こわしちゃったのは」

三びきのクマは、おくの部屋に進みます。

「だれだ？　わしのベッドに寝《ね》て、シーツにしわをつけたのは」と、ミハイルさんがほえました。恐ろしい大声で。

「だれなの？　わたしのベッドに寝て、シーツにしわをつけたのは」と、ナスターシャさんがうなりました。中ぐらいの声で。

ミーシャくんは、踏《ふ》み台に上がり、自分のベッドに入ろうとして、また泣き出しました。細くて高い声で。

「だれ？　ぼくのベッドに寝たのは」

そのとたん、ミーシャくんは、人間の女の子を見つけて、火がついたように泣き叫《さけ》びます。

「いたぞ！　つかまえて！　つかまえて！　人間だ！　女の子だ！　つかまえて！」

ミーシャくんは、女の子にかみつこうとします。

女の子は、目を開き、三びきのクマを見て、飛び起きました。

部屋の窓《まど》が開いています。女の子は、窓から外へ逃《に》げ出しました。

女の子は、そのまま逃げ去ってしまいました。

三びきのクマは、追いかけましたが、途中《とちゅう》で足を止め、女の子の姿《すがた》を見送りました。

三びきのクマ

訳者あとがき

「三びきのクマ」はイギリスの昔話で、主に絵本として多くの言語で出版《しゅっぱん》され親しまれています。こどもが大人に「ねえ、読んで、読んで」とくりかえしせがみ、やがてすっかり覚えてしまう、そんな楽しいお話ですね。

「戦争と平和」「アンナ・カレーニナ」で知られるロシアの文豪《ぶんごう》レフ・トルストイは、この「三びきのクマ」をアレンジして再話《さいわ》し、村の学校で使う読み書きの教本に載《の》せました。トルストイによるロシア語版《ばん》の際立《きわだ》つ特徴《とくちょう》は、三びきのクマそれぞれにロシア風の長い名前がついていることです。それにひきかえ、女の子には名前がありません。絵本の文章として日本語に訳《やく》すなら、クマの名前を省略《しょうりゃく》し、女の子にはかわいらしい名前をつけてあげてもよいのかもしれません。本書の短編《たんぺん》すべてを、スラスラ読めることをモットーに訳し、ロシア人のややこしい名前の訳《やく》に工夫を凝《こ》らした訳者としては、そうしたい気持ちもありましたが、それではトルストイらしさが失われてしまうと気づきました。

伯爵家《はくしゃくけ》の後継《あとつ》ぎとして生まれたトルストイがほぼ全生涯《ぜんしょうがい》を過《す》ごし、数々《かずかず》の名作を書きあげた、領地《りょうち》の村（ヤースナヤ・ポリャーナ）は、モスクワの南約二百キロ。麦畑、野菜畑、牧草地を深い森が囲んでいます。本書の作品群《さくひんぐん》からもわかるように、トルストイは「愛」に生き、「愛」を伝道しつづけた作家です。村人を愛し、その物語を書きました。村のこどもたちを愛し、彼《かれ》らの未来に期待し、教育に心をくだきました。「愛」は人間ばかりか自然環境《かんきょう》にも、動物にも向けられました。トルストイにとってロシアの森は動物の領地、動物の社会がある場所。ですから、主人公のクマに名があって、女の子は女の子のまま、たんなる侵入者《しんにゅうしゃ》、「人間」というよそ者なのです。

「三びきのクマ」をのぞく七作品はもっと年長のこども、あるいは、大人のために書かれたものです。トルストイは教育者、宗教家《しゅうきょうか》でもあり、平和主義《へいわしゅぎ》、非暴力主《ひぼうりょくしゅ》義《ぎ》の思想家として尊敬《そんけい》されています。その著作《ちょさく》は、ときに道徳《どうとく》の教科書、人生読本、つまり「ためになる本」として読まれます。日本語に翻訳《ほんやく》され出版《しゅっぱん》された本には長い解説《かいせつ》、長いあとがきがつきものです。しかし、本書のあとがきはここまで。

没後《ぼつご》百年以上過《す》ぎてもトルストイが広く世界中で読まれるのは、とにかく読んで面白いからです。教訓を得るのは後回し。まずストーリーを楽しみましょう。楽しんでいただけるように翻訳したつもりです。

読後は心が温まり、優《やさ》しい気持ちになるはずです。ベッドの枕元《まくらもと》に置いて、心が寒い夜には読み返してみてください。

ときには学校の教室で国語の先生（例えば肖像画《しょうぞうが》のトルストイのような白いひげのおじいさん先生）に指名されたと想像《そうぞう》し、起立して声に出して読んでみてください。

二〇一七年一月

小宮山俊平

| 作者 |

レフ・トルストイ

Lev Nikolayevich Tolstoy

1828年ロシア・トゥーラに生まれる。領地の農民の教育に取り組む一方で作家活動を営む。独自のキリスト教的立場（トルストイ主義）を提唱し、私有財産を否定、反戦・悪への無抵抗を説いた。社会や芸術、教会への批判を展開し、道徳的な権威としても影響力を持った。作品に『戦争と平和』『アンナ・カレーニナ』『復活』『イワンのばか』など。1910年没。

| 訳者 |

小宮山俊平

Shunpei Komiyama

1950年長野県上田市生まれ。県立上田高校、横浜国立大学経済学部卒業。フリーのロシア語通訳者（会議通訳・同時通訳）、ロシア語翻訳家。訳書に『地図にない町で―チズニナイ市奇談』、『ノーリターン―1993・モスクワ』『ストーリーテラー』『チェーホフ ショートセレクション 大きなかぶ』がある。

| 画家 |

ヨシタケ シンスケ

Shinsuke Yoshitake

1973年神奈川県に生まれる。筑波大学大学院芸術研究科総合造形コース修了。『りんごかもしれない』で第6回MOE絵本屋さん大賞第一位、第61回産経児童出版文化賞美術賞などを『もうぬげない』で第26回けんぶち絵本の里大賞を『このあとどうしちゃおう』で第51回新風賞を受賞。ほか作品多数。

世界ショートセレクション ❻

トルストイ ショートセレクション
三びきのクマ

2018年2月　初版
2025年2月　第7刷発行

作者　レフ・トルストイ
訳者　小宮山俊平
画家　ヨシタケ シンスケ
発行者　鈴木博喜
編集　郷内厚子
発行所　株式会社 理論社
〒101-0062 東京都千代田区神田駿河台2-5
電話　営業03-6264-8890 編集03-6264-8891
URL https://www.rironsha.com
デザイン　アルビレオ
印刷・製本　中央精版印刷
企画協力　小宮山民人　大石好文

ISBN978-4-652-20244-9　NDC983　B6判　19cm　207p

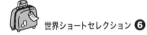